SV

Petri Tamminen
Mein Onkel und ich

Roman

Aus dem Finnischen
von Stefan Moster

Suhrkamp

Die Originalausgabe erschien 2006
unter dem Titel *Enon opetukset* bei Otava, Helsinki.

Erste Auflage 2007

Satz: Hümmer GmbH, Waldbüttelbrunn
Druck: Druckhaus Nomos, Sinzheim
Printed in Germany
ISBN 978-3-518-41886-4

1 2 3 4 5 6 – 12 11 10 09 08 07

Mein Onkel und ich

In deinem Bestreben, ein vernünftiger Mann zu werden, sollst du hinter dir lassen allen unnützen Zauber und Unglauben der Weiber, welcher nicht mit dem klaren Verstand harmoniert.

Über die Vollkommenheit wäre zu sagen, daß jedes Ding vollkommen ist, denn jedes ist so, wie es sein soll.
Zum Beispiel: Die Mistgabel ist an ihrem Platze vollkommen, weil sie beim Graben im Mist ihr Werk verrichtet, wie auch die Uhr, weil sie genau den Lauf der Zeit anzeiget; obgleich erstere ganz einfach geformt ist, letztere hingegen reichlich verzwickt.

Auf dem Weg durch diese Welt muß oftmals ein Satz als wahr erkannt werden: »Das Eine willst du, das andere sollst du.«

Antero Warelius:
Des Onkels Lehren über die Dinge der Natur, 1845-1856.

I
Juli 1981

I Mein Onkel schnitt die Zeitung in Streifen und klebte sie an den Rändern zusammen. Erst als er alle zusammengeklebt hatte, konnte ich mir die Form vorstellen. Ich folgte ihm nach draußen. Er holte die Gasflasche aus dem Stall, ließ an der Mündung eine Flamme aufsteigen und stellte sie so ein, daß sie blau war. Vorsichtig führte er die Flamme in die Öffnung des Balls. Warme Luft füllte den Ball, das Papier blähte sich und wurde leicht in meinen Händen. Ich ließ los. Zögernd stieg der Ballon auf. Er flog. Mein Onkel streckte sich ihm nach, so weit er konnte, geriet aber ins Schwanken, und man hörte einen Plauz, als das Papier in Flammen aufging. Für einen Moment konnte man durch den Ballon hindurch den Himmel sehen, dann schwebten schwarze, gewichtslos wirkende Flocken aufs Gras herab. Überall um uns herum blieben sie an den Halmen hängen. Mein Onkel trampelte sie nieder und schaute mich mit Bedauern und Begeisterung an. Ich warf einen flüchtigen Blick zu den Fenstern des Hauses hinüber.

In der Wohnküche war niemand. Die Männer krochen im Wohnzimmer auf allen vieren umher, die Tanten saßen auf dem Sofa und warteten auf den Beginn der Übertragung. Seija ging, wie jeden Tag, mit Lappen und Eimer in die Kammer, kam aber bald zurück und sagte, der Großvater wolle seinen Sarg sehen.

Über Mittsommer war der Großvater aus dem Krankenhaus nach Hause geschickt worden. Gelb und aufgequollen lag er in der Kammer und rief von dort mit belegter Stimme, was er jeweils brauchte, und daß es um ihn nicht gut bestellt sei.

Ansonsten war es ein ganz normaler Sommer, die Tanten lasen in Zeitschriften, die Männer warfen mit Pfeilen, und ich ging mit meinem Onkel jenseits des Feldes im Meer schwimmen. Wir glaubten, daß der Tod eine Erleichterung für den Großvater wäre. Und für uns alle. Besonders für uns.
Aber jetzt unterbrachen die Männer die Untersuchung des Videorecorders und das Anschließen der Kabel und starrten allesamt Seija an. Auch die Frauen starrten auf sie.
»Kommt nicht in Frage«, sagte Pirkko.
»Und warum nicht«, fragte Seija.
»Weil er halluziniert.«
»Genau. Wir tragen doch keinen Sarg ins Haus.«
»Warum nicht?«
»Herrgott noch mal, Sachen von dem Niveau regelt man nicht so! Auch wenn hier einer durch den Wind ist.«
»Selbst einer wie er wird ja wohl noch einen Wunsch äußern dürfen.«
»Das sind Hirngespinste von einem Säufer.«
»Das mit dem Trinken gehört nicht hierher.«
»Dem Grab entkommt er trotzdem nicht.«
»Wofür werden Särge denn sonst verkauft.«
»Um diese Dinge kümmern sich Bestattungsinstitute.«
»Jetzt kapiert endlich, daß er halluziniert! Der will den Sarg eigentlich gar nicht sehen.«
»Die kümmern sich darum, daß er ins Grab kommt, aber man braucht ihnen nicht jetzt schon was zu bezahlen. So einen Sarg kann man auch selbst transportieren.«
»Und dann steht die Kiste hier rum, und der Vater lebt noch ein Jahr. Da kann er dann sein Bier drin aufbewahren.«
»Daß du dich nicht schämst!«
»Der lebt höchstens noch eine Woche, das müßtest sogar du kapieren.«

»Das ist kein Grund, in diesem Ton zu reden.«
»In welchem Ton redet man denn über so etwas?«
»Wie willst du den überhaupt transportieren? So ein Sarg nimmt Platz weg.«
»In den Peugeot von Tauno paßt er rein.«
»Von mir aus könnt ihr ihn leihen.«
»So ein Quatsch.«
»Es wird immer verrückter.«
»Das wäre natürlich am günstigsten.«
»Und am sichersten.«
»Und wo wollt ihr ihn kaufen? Da müßt ihr bis nach Turku fahren.«
»Sie inserieren sogar in der Zeitung, direkt unter den Todesanzeigen.«
»Und dann verbringen wir unseren Urlaub hier mit einem Sarg? Wo sollen wir den hinstellen? Den hat man die ganze Zeit vor Augen. Nein danke.«
»Hängt dein Urlaub von einem Sarg ab?«
»Ich sage dir, von deinem Urlaub ist hier jetzt ziemlich wenig die Rede.«
»Das sagst ausgerechnet du. Verbringst jeden Sommer hier und träumst mit der Hand an der Backe vor dich hin.«
»Und füttere bei der Gelegenheit deine Bälger durch, die sich hier einnisten.«
»Jetzt aber.«
»Ich habe der Mutter immer Kostgeld geschickt.«
»Die glauben alle, ich bin hier so was wie ein Dienstmädchen, das nichts Besseres zu tun hat, als die andern zu bemuttern.«
»Wir haben's gehört.«
»Ist das jetzt das Thema?«
»Nein, sondern daß der Vater seinen Sarg sehen will.«

»Kann durchaus sein, daß ich nächsten Sommer hier nicht mehr als Dienstmädchen zur Verfügung stehe.«
»Wir reden jetzt über etwas ganz anderes.«
»Ich kann meine Bälger auch wegbringen, wenn es das ist.«
»Jetzt hört doch mal zu! Es kann sich nur noch um Tage handeln, dann ist der Vater tot.«
»Ich hab geglaubt, daß man Dinge von dem Niveau ein bißchen geschickter regelt.«
»Das hast du bereits gesagt.«
»Du kannst sicher sein, daß du uns in Zukunft nicht mehr bemuttern mußt.«
»Jetzt ist das Wetter doch noch schön geworden.«
»Die Damen können sich gern draußen in den Garten legen und Frauenzeitschriften lesen, wenn sie sich nicht für die Angelegenheiten ihres Vaters interessieren.«
»Hast du dich je dafür interessiert? Du hast doch nichts anderes im Sinn als Schnaps und Außenbordmotoren. Volle Fahrt im Kielwasser deines Vaters.«
»Was soll an Außenbordmotoren verkehrt sein?«
»Ich kann dir auf den Kopf zusagen, daß auch aus dir ganz schnell ein Säufer wird.«
»Das war nicht nötig.«
Die Großmutter stand auf und ging in die Wohnküche.
»Geht's dir jetzt besser?« sagte Pirkko.
»Wo ist die Zeitung?« hörte man die Großmutter in der Küche fragen.

Meinen Vater und meine Mutter hatte ich oft streiten gesehen. Auch die Tanten hatten ihre lautstarken Mittsommer- und Weihnachtsstreits gehabt und jenen nächtlichen Streit, als mein Onkel einen Kuchen backte und aus dem Schlafzimmerfenster pißte. Aber jene Streits waren alle wie gespielt.

Sie konnten der Überzeugung nichts anhaben, daß wir alle einer Sippe angehören und daß unsere Sippe Bestand haben wird.
Dieser Streit war anders. Die Tanten fielen sich gegenseitig und ihren Männern und meinem Onkel und der Großmutter ins Wort. Alle liefen kreuz und quer durchs Haus, die einen hatten recht, die anderen unrecht, und ich mußte mich für eine Seite entscheiden, mußte die einen verteidigen und mich gegen die anderen stellen.
Ich begriff, daß im Verlauf des Streits auch von mir die Rede gewesen war. Dadurch wurde ich auf meinen in die Länge geschossenen Körper aufmerksam. Und auf all die kindischen Dinge, die ich gerade noch getan hatte.
Die Großmutter ging zur Kommode, entnahm ihr ein braunes Kuvert und reichte es meinem Onkel. Tauno klimperte mit den Schlüsseln seines Kombis und versprach meinem Onkel, ihm zu zeigen, wie man den Diesel-Peugeot fährt.
Auf der Veranda konnte ich meinem Onkel schnell zuflüstern, was ich auf dem Herzen hatte. Er nickte. Das machte mich so froh, daß ich das Gefühl hatte, zu einer ganz normalen Spazierfahrt aufzubrechen.
Erst als wir auf die Straße abbogen und zwischen banalen Feldern auf das Kirchdorf zufuhren, überkam mich die Reue. Ich hatte das Gefühl, am völlig falschen Ort zu sein, während im Haus unschöne Dinge geschahen, die ich eigentlich schlichten müßte. Wir fuhren schweigend.

2 Wenn die Menschen von den Streits erzählen, in die sie geraten sind, erinnern sie die Worte der Gegenseite als unschönes Zetern. Was sie selbst gesagt haben, tragen sie mit war-

mer, engelhafter Stimme vor. Bei diesem Streit nun waren alle Stimmen unschön und die Mienen von allen böse gewesen. Ich saß neben meinem Onkel im Peugeot und dachte an diese Mienen zurück.
Mein Onkel fuhr mit ernstem Gesichtsausdruck. Er selbst hatte einen Fiat Sechshundert, in dem er mich manchmal zu den Nachbarhöfen mitnahm, wo die Leute sich mit mir unterhielten, und zu gemütlichen Tankstellen, wo mein Onkel mir eine Jaffa spendierte, und zu kleinen, kuriosen Imbissen, wo ein kleiner, kurioser Verkäufer die Milchpackungen aufmacht und ständig sagt: »Ist alles eins.« Wenn wir nach so einer Tour daheim am Eßtisch saßen und mein Onkel mir Milch ins Glas goß, warf er mir über den Tisch hinweg einen kurzen Blick zu und erklärte mit schicksalsschwerer Stimme: »Ist alles eins.« Das waren die Orte, zu denen man mit dem Fiat Sechshundert gelangte, aber jetzt lenkte mein Onkel Taunos Kombi, und dabei sah er ganz anders aus.

Als ich später darüber nachdachte, schien mir, mein Onkel wäre traurig gewesen. Er begriff wohl, daß sein Vater im Sterben lag. Sicherlich war das ein großer Gedanke.
Als der Großvater dann starb, fiel alles auseinander, obwohl er nichts zusammengehalten hatte. Das war merkwürdig. Sogar mein Onkel weinte. Als ich ihn nach der Beerdigung fragte, warum er geweint habe, sah er mich erstaunt an.
»Mir ist der Vater gestorben.«

Aber als ich auf dem Beifahrersitz des Kombis neben meinem Onkel saß, wußte ich nicht, was er dachte. Ich betrachtete seine Hände auf dem Lenkrad und versuchte mir vorzustellen, er wäre wie ich, nur älter. Ich erinnerte mich an sein Zimmer unterm Dach, an das einsame Bett, an die Flaschen mit den Pfennigen, an »Fazers Beste«-Schokoladenbonbons, aufgereiht an einem Faden, und an seine Freunde, an Mikko Myrsky, der mir den Zungenbrecher beigebracht hatte: »Der Schöpfer schuf den Schnee, der Schöpfer schuf den Schneeschieber, der vom Schöpfer geschaffene Schneeschieber schob den vom Schöpfer geschaffenen Schnee«, und an Sari Masku, die von mir geküßt werden wollte und ihre Zunge wie einen Wurm zwischen meine Lippen schob, daß es in meinem Rückgrat vibrierte und im Bauch und weiter unten. Ich erinnerte mich, wie mein Onkel sich samstags abends die Haare kämmte, wie die Großmutter ihm zwei Zehnmarkscheine in die Hand drückte, wie mein Onkel am nächsten Morgen in seiner gebatikten Bettwäsche schlief und die Sonne durch die verschossenen Vorhänge schien und man ihn nicht wekken durfte. An all das erinnerte ich mich, und dabei begriff ich, daß ich nicht war wie mein Onkel.

Auf der großen Straße bog er in die falsche Richtung ab. Ich sagte nichts, sondern ließ das Auto fahren.

3 Wir fuhren auf den Parkplatz vor dem Dorfladen. Mein Onkel ließ den Motor laufen und kurbelte das Fenster herunter. Durch das große Ladenfenster sah ich, daß Myrsky uns bemerkt hatte. Er ging um die Kasse herum und erschien in der Tür. Seine Holzschuhe knirschten auf dem Kies, als er zum Auto geschlurft kam. Er stellte einen Fuß aufs Vorderrad.

»Was macht ihr denn im Peugeot, Jungs?«

»Komm mit nach Turku!«

»Ich kann hier nicht weg.«

»Na klar kannst du.«

»Ich hab versprochen, den Tag zu übernehmen.«
»Du kannst ohne weiteres weg.«
»Was soll ich in Turku?«
»Komm halt mit!«
Myrsky stellte seinen Fuß auf die Erde. Er überlegte. Dafür brauchte er ein gutes Gleichgewicht. Ohne etwas zu sagen, drehte er sich um und hinterließ beim Gehen mit seinen Holzschuhen kleine Senken im Kies.
Ich behielt die Ladentür im Auge. Myrsky kam als erster heraus und zog sich die Jeansjacke über, sein Vater folgte zwei Schritte hinter ihm.
»Und wenn du zurückkommst, fegst du den Laden! Und zwar überall! Überall!«
Myrsky schob sich auf den Beifahrersitz und schlug die Wagentür zu. Ich kletterte bereitwillig nach hinten.
»Und zwar überall!« äffte er seinen Vater nach. »O Mann, geht mir das auf die Eier. Jeden Scheißtag sagt der das. Ich mach schon immer vorher die Augen zu und beiß die Zähne zusammen, damit ich es überhaupt aushalte. Aber ich halt es nicht aus.«
Mein Onkel fuhr auf die Straße und beschleunigte. Er schaltete konzentriert. Dann richtete er den Rücken gerade und nahm eine entspannte Position ein.
»Wir müssen dem Alten einen Sarg holen.«
Myrsky wurde ernst.
»Hat es ihn jetzt erwischt?«
»Nee, aber er will ihn sehen.«
»Ja, ja, ja«, sagte Myrsky und blickte sich im Auto um. »Na, das ist doch schön.«
»Find ich auch«, lachte mein Onkel. Er wandte den Blick nicht von der Straße.
Ich saß allein auf der Rückbank, an der Stelle, von der ich

meinen Onkel im Rückspiegel sehen konnte und wo er mich ebenfalls sehen mußte. Wir fuhren auf den vertrauten langen Geraden in Richtung Turku. Am Ende einer Geraden wartete ein steiler Anstieg. Ich wünschte mir, er bliebe steil, aber als wir ihn erreichten, flachte er ab. Er wurde ganz alltäglich und nichtssagend. Er mußte wortlos überwunden werden.

An der Busstation der Nachbargemeinde nahm mein Onkel den Fuß vom Gas und ließ den Wagen vor das Gebäude gleiten.
Wir gingen hintereinander hinein. Das Café war klein, drei, vier Tische, Theke, Kasse, alte, von der Sonne gebleichte Farben, außer an den Plastikstühlen, die bunt und häßlich waren. Die Wirtin starrte auf einen Fernseher oben an der Wand. Dort zogen Pferdegespanne Kutschen über von Menschen gesäumte Straßen.
Myrsky goß sich einen Kaffee ein und beförderte die Tasse im Gleitflug zu dem Tisch unter dem Fernseher. Mein Onkel nahm eine Jaffa und zwei Gläser.
»Da fragt man sich, warum man überhaupt leben soll, wenn man doch keine Prinzessin sein darf«, sagte die Wirtin und schob die klingelnde Kasse zu. Sie sprach zum Fernseher.
»Was wär daran schon so toll?« sagte der Mann am hintersten Tisch. Es saßen zwei von der Sorte dort, ein Arbeiter und sein Kumpel, nebeneinander, und es hatte den Anschein, als würden sie ihre Plätze lange nicht räumen.
»Na hör mal, da wär man schön adrett angezogen, und alle wären lieb zu mir.«
»Wir sind auch so lieb zu dir.«
»Und dann so eine Hochzeit, hör mal«, fuhr die Wirtin ohne zu reagieren fort.

»Möchte nicht wissen, was die Chose kostet«, sagte der Kumpel im Blaumann.
»Zu zweit lebt sich's billiger als allein«, sagte Myrsky.
Darüber mußte ich nachdenken. Im Fernseher berichtete der Reporter, Dianas Schleier verhülle ihr Gesicht ganz und gar.
»Ich habe gerade an der Kasse in *Bitte lächeln* gelesen, daß sie sogar den Pferden ein spezielles Pulver gegeben haben, damit die Scheiße besser aussieht«, sagte Myrsky.
Darauf hatte niemand etwas zu sagen. Alle starrten auf das schwarzweiße Fernsehbild. Die Wirtin ordnete die Gebäckstücke neu, es waren drei, in der untersten Ecke der Vitrine. Mein Onkel goß die Jaffa in die beiden Gläser, abwechselnd, das Kinn auf Höhe der Tischplatte. Sein Glas trank er schnell aus. Er wischte sich den Mund ab und sagte, nach dem Sommer werde er in die Stadt ziehen.
»Um was zu tun?« fragte Myrsky.
»Ich kenn da einen Jakke, der weiß eine Stelle als Fotograf.«
»Fotograf. Du hast ja nicht mal eine Kamera.«
»Brauch ich auch nicht.«
»Sicher brauchst du die.«
»Brauch ich nicht.«
»Und was willst du fotografieren?«
»Beerdigungen und all so was.«
»Mit einer Coca-Cola-Kamera?«
»Die stellen die Ausrüstung und bringen mir alles bei.«
»Na, dann ist ja alles bestens.«
Ich sah mich in dem Café um, betrachtete die staubigen Ecken, die Risse in der Tapete. Lange betrachtete ich sie. Als ich den Kopf drehte, sah ich, daß die Wirtin mich anstarrte.

Erst im Auto wußte ich wieder, wie ich mich drehen und wenden sollte.
»Das ist ein besonderer Tag heute«, sagte Myrsky. »Warum hab ich das nicht gleich kapiert. Die Weiber halten nach Prinzen Ausschau und sind empfänglich.«
Mein Onkel sagte, in diesem Kombi wäre jede Menge Platz für Prinzensucherinnen, vor allem, wenn man den Sarg draußen ließe.
»Und die Minderjährigen«, sagte Myrsky.
Ich wollte etwas Schlagfertiges erwidern, aber es gab so viele Alternativen, daß ich gar nichts herausbekam und mich damit begnügen mußte, albern zu grinsen. So ging es mir mit meinem Onkel und seinen Freunden immer.
An der Kreuzung in Raisio war es still. Als wir Turku erreichten, fuhren wir durch vollkommen verlassene, sonnenbeschienene Straßen. Der Verkehr war so spärlich, daß man das Gefühl hatte, es könne jeden Moment ein Unfall passieren.

4

An der Tür des Bestattungsinstitutes war eine Glocke angebracht. Sie klingelte mit einschüchternd forderndem Ton. Drinnen wurde ebenfalls die Hochzeit angeschaut, aus dem Hinterzimmer hörte man lautstark den Fernsehkommentar.
Ich war nie zuvor in einem Bestattungsinstitut gewesen. Die Särge ruhten auf Halterungen an der Wand. Ihre Deckel wiesen Reliefs auf. An den Ecken hingen violette und weiße Troddeln. Die Innenauskleidungen aus Satin glänzten rein. Die Verzierung der Särge hatte etwas Geschmackloses an sich, etwas beinahe Lästerliches. Aus dem Hinterzimmer hörte man den Kommentar zur königlichen Hochzeit und zu Dia-

nas Brautstrauß, zu den Maiglöckchen, zu goldgelben Mountbatten-Rosen und zu dem Männertreu. Ich wußte nicht, was Männertreu war, aber für mich klang das Wort häßlich, unpassend zu Maiglöckchen und goldgelben Mountbatten-Rosen. Der Fußboden des Bestattungsinstitutes glänzte, und es kam mir vor, als sollte ein gewöhnlicher Mensch einen solchen Ort überhaupt nicht betreten.

Als der Verkäufer uns bemerkte und in den Verkaufsraum kam, gruppierten wir uns neu. Mein Onkel trat nach vorne und fing an Fragen zu stellen, ich und Myrsky hielten uns im Hintergrund. Mein Onkel trug Jeans, Myrsky ein schmutziges T-Shirt und abgetretene Holzschuhe. Auch meine Kordhosen sahen schäbig aus.

Vor dem Ladenfenster ließ der Wind die Laubbäume am Fluß erzittern, und ihre Schatten befleckten das Fenster. Die Bewegungen der Schatten waren nicht genau zu erfassen, sie liefen durch die Falten der Gardinen und sprangen übereinander hinweg. Oder bewegten sie sich im Staub auf der Fensterscheibe? Der Boden schien zu schwanken. Ich stand da und dachte, daß mein Onkel weiß, was er tut. Alle Kinder glauben, daß die Erwachsenen wissen, was sie tun. Die Kindheit ist eine glückliche Zeit.

Als wir das Bestattungsinstitut verließen, sagte mein Onkel, er würde gar keinen Sarg kaufen. Er sagte, er würde ein Kanu kaufen, oder zwei Kanus.

Wahrscheinlich hatte sich mein Onkel von dem Bestattungsinstitut etwas anderes erwartet. Im heißen Auto murrte er weiter. Er beklagte sich, der Verkäufer im Bestattungsinstitut habe ihn nicht ernstgenommen.

»Der wollte die Hochzeit sehen«, verteidigte Myrsky ihn.

»Nee, der wollte bloß mir nichts verkaufen.«

»Guck dich doch mal an«, sagte Myrsky. »Wieso haben sie eigentlich ausgerechnet dich geschickt?«
»Das ist doch wohl keine heilige Handlung. Und wen hätten sie sonst schicken sollen?«
»Haben sie gesagt, was für einen du holen sollst?«
»Einen einfachen.«
»Solche gibt es offensichtlich nicht.«
»Und was für Preise. Hast du gehört, wie der Verkäufer gesagt hat, ›wir müssen ja auch leben‹? Bißchen geschmacklos. Uns ist immerhin ein Angehöriger verstorben.«
»Stimmt gar nicht«, sagte Myrsky. »Und was heißt hier Angehöriger. Tut es dir auf einmal um deinen Vater leid?«
»Nee, um mich«, sagte mein Onkel.

5 Wir fuhren auf einer langen Straße bis zur Burg. Mein Onkel parkte im Schatten am Rand der Rasenfläche.
»Kann sogar sein, daß es mir um ihn leid tut«, sagte er. »Ein Mann verliert schließlich nur einmal seinen Vater.«
»Und dir ist er ja noch kein einziges Mal gestorben«, sagte Myrsky.
»Da im Krankenhaus hab ich kapiert, daß es vorbei ist. Ich war richtig gerührt, ich dachte, ich rede jetzt mit ihm. Schließlich ist er immerhin mein Vater. Ich hab ihn gefragt, ob ich ihm irgendwie helfen kann. Bring mir eine Flasche Korn und ein Glas Wasser, sagt er zu mir. Das geht nicht, sag ich. Dann hol mir Apfelsinen, sagt er. Ich nicke und denke mir, Apfelsinen, das gibt's nicht, mein Vater will Apfelsinen. Da sagt er, ich soll den Korn in die Apfelsinen spritzen.«
»Echt?« rief Myrsky begeistert. »Gute Idee.«

»Trotzdem. Du hörst von ihm immer bloß ›öh, öh‹, und sonst gar nichts.«
»Ich find es schön zu hören, wie du auf deinem Vater herumhackst. Hat was Erfrischendes«, sagte Myrsky. Er überlegte, ob auch er über seinen Vater nichts Gutes zu sagen hatte, ob auch er mit seinem Vater nie etwas unternommen hatte, was von Anfang bis Ende angenehm gewesen war. Doch, einmal, fiel ihm ein, beinahe.
»Morgens beim Fischen. Am Ufer haben wir Kaffee getrunken und uns unterhalten. Dann sind wir heimgegangen, mein Vater mit einem ganzen langen Ast voller Barsche, und ich hatte auch zwei, drei. Ein großartiger Morgen, alles in allem. Als wir dann im Hof angefangen haben, die Fische auszunehmen, ist meinem Vater in der Birke ein Eichhörnchen aufgefallen. Nesträuber!, hat er gebrüllt und sich das Luftgewehr im Flur geschnappt. Aber so ein Eichhörnchen ist ein zähes Vieh, auf das mußt du mehr als einmal schießen. Es hat sich an einem Ast festgeklammert und da mit dem Kopf nach unten gehangen und bei jedem Treffer gezuckt. Und mein Vater schießt und schießt. Ich denke, das geht doch nicht, ich zerre an seinem Hemd und flehe ihn an aufzuhören. Wie alt war ich? Höchstens zwölf. Da ist er wütend geworden, und wahrscheinlich war er sowieso schon wütend, weil das Eichhörnchen nicht längst tot war. Mindestens zwanzig Schuß hat er abgegeben. Von dem Eichhörnchen sind hellrote Flekken auf den Birkenstamm gespritzt.«
Wir blickten durch die Autofenster auf die leere Rasenfläche und auf die Burg, die in sich gekehrt mitten auf dem Rasen stand. In der hohen Mauer gab es nur zwei einsame Fenster.
»Im selben Herbst hat er mich zur Jagdprüfung angemeldet«, sagte Myrsky. »Noch nie hat er mich gefragt, ob mir etwas recht ist, er bestimmt einfach, und wenn er was bestimmt,

dann brüllt er es. Und nichts bringt er einem bei, er ist der Meinung, man muß alles immer schon können. Donnerwetter, der eigene Sohn und kann das nicht.«
»Genau wie bei uns«, sagte mein Onkel. »Ich war noch ein ganz kleiner Kerl, da wollte ich zwischen meinem Vater und meiner Mutter im Bett schlafen. Da hat er gleich einen Riegel vorgeschoben. Aber nicht von wegen, du verstehst das schon und so. Nein, sondern: Donnerwetter, der eigene Sohn und will hier schlafen.«
»Zum Glück hat dich wenigstens deine Mutter immer schön im Arm gehalten, und du bist trotzdem noch ein prima Kerl geworden«, sagte Myrsky.
»Das kannst du laut sagen. Das einzige, was ich von meinem Vater bekommen habe, sind alte Hemden.«
»Und das Aussehen.«
»Leck mich am Arsch.«
»Wieso? Ihr seht beide aus wie ein Benz von vorne.«
»Mein Vater vielleicht, aber nicht ich.«
»Doch, doch! Wie ein Benz!«
Ich sah auf der Rückbank auf die Uhr, auf die Casio Digital, die ich vorletzte Weihnachten bekommen hatte. Auf ihrer Leuchtanzeige hatte ich den Übergang von den 70er Jahren zu den 80er Jahren verfolgt. Wenn mich jemand nach der Uhrzeit fragte, antwortete ich gerne in exakten Ziffern.
Ich wartete, daß die Zahlen umsprangen.
»Es ist genau zwei«, sagte ich schließlich.
»Dann essen«, sagte Myrsky.
»Und den Sarg holen«, schlug ich vor.
»Warum nicht«, stöhnte Myrsky.
»Pfui Teufel, du Schwein«, sagte mein Onkel.
»Ich dachte, ich muß niesen, aber ich hab's als Furz getarnt«, sagte Myrsky.

Auf dem Holzmarkt nahm Myrsky einen Grillteller, mein Onkel eine Fleischpirogge plus Bratwurst und ich eine Bockwurst mit Brötchen ohne Senf und Ketchup. Wir standen beim Essen in einer Reihe am Brett und blickten auf den menschenleeren Platz. Auf der gegenüberliegenden Seite schauten drei Frauen vor einem Elektrogeschäft fern. Myrsky und mein Onkel warfen Blicke auf das Mädchen vom Grill, ohne ein Wort zu sagen. Auch die Bestellung hatten sie ohne Sperenzien aufgegeben. Sie war wohl zu schön für die beiden. Erst als Myrsky den Abfall wegbrachte, beugte er sich noch einmal vor die Imbißluke.

»War gut.«

Ich drehte mich um und ging auf eigene Faust über die Straße, bis zum Schaufenster des Elektrogeschäfts. Das Brautpaar schritt gerade die Kirchentreppe hinunter. Der Rocksaum folgte Diana mit mehreren Metern Abstand. Das sah prächtig aus, aber als ich einen Blick auf die Gesichter und feuchten Augen der Frauen warf, ging es mir auf die Nerven.

»Was für eine Frau!« sagte Myrsky, als ich zum Auto zurückkam. Er meinte, er habe sich schon gedacht, daß die Leute auf dem Land heute alle in die Glotze schauen und deshalb keine Zeit haben, in den Laden seines Vaters zu kommen, aber er hätte nicht geglaubt, daß sich auch die Stadtkater für die Hochzeit interessieren.

»Gerade eben bin ich zu dem Schluß gekommen, daß die ganzen Städter auch bloß Leute vom Land sind, die zufällig in der Stadt leben. Ich hab ganz umsonst davon geträumt, eine Frau aus Turku kennenzulernen.«

»War das dein Traum?« fragte mein Onkel.

»Absolut. Weißt du, zuerst hab ich davon geträumt, daß ich mal mit dem Fahrrad ins Kirchdorf komme. Dann, daß ich

mal in die Stadt komme. Dann, daß ich die Marja aus der Nachbarschaft umarmen darf. Dann, daß ich sie küssen darf. Dann, daß ich ran darf. Dann, daß mich eine aus Turku ranläßt. Und jetzt ist mir auch der Traum genommen worden.«
»Jedenfalls wenn du es so probierst: ›War gut.‹«
»Laß dir doch was Besseres einfallen!«
»Möchte das Fräulein vielleicht einen geselligen Abend mit mir verbringen?« sagte mein Onkel.
»Genau. Oder: Komme ich öfter hierher?« entgegnete Myrsky.

Zwischendurch vergaß ich eine ganze Weile, weshalb wir eigentlich in Turku waren und was am Morgen im Haus geredet worden war, Worte aus den Mündern der Tanten, die auch in meinem Leben unter Umständen vieles verändern konnten. Ich saß auf der Rückbank des Kombis, mit einem kleinen Tetrapak in der Hand, und sog mit dem Strohhalm den kühlen Apfelsinengeschmack auf.
Mein Onkel schaltete das Radio ein. Dort wurde nicht mehr über die Hochzeit von Charles und Diana berichtet, dort sangen die Gebrüder Mali. Myrsky schüttelte den Kopf.
»Die Stimme von denen ist nicht von dieser Welt.«
»Nee, das ist gut«, sagte mein Onkel und drehte lauter.
»Es ist eigentlich nicht mal Ekel, was ich empfinde«, meditierte Myrsky. »Es ist Angst. Wie die singen, das macht mir angst.«
Mein Onkel und ich mußten lachen. Wir fuhren los, die Universitätsstraße hinunter und weiter in ein Viertel, wo mein Onkel meinte ein Bestattungsinstitut gesehen zu haben.

6 In diesem Geschäft stand die Verkäuferin an der Tür, eine Frau von würdevoller Erscheinung. Mein Onkel schien sich nun vorbereitet zu haben, er ging mit dem Kuvert in der Hand hinein und teilte mit, er wolle einen Sarg für tausendfünfhundert kaufen, Farbe: Holz.
Die Frau verhielt sich ebenso effektiv, sie präsentierte die Alternativen und wußte gefällig weiteren Service zu offerieren: Transport, Bestattungserlaubnis, Grabplatzreservierung und Hilfe bei der Trauerfeier.
Mein Onkel lehnte alle Angebote einzeln ab und streichelte die Särge wie die Motorhauben von Autos. Fragen dazu wußte er keine zu stellen.
Als er erklärte, er wolle den Sarg selbst nach Hause befördern, versetzte auch das die Frau nicht in Erstaunen. Sie bat meinen Onkel, den Wagen in den Hinterhof zu fahren.
»Das muß ein schwerer Beruf sein, den Sie da haben«, sagte Myrsky, als der Onkel hinausgegangen war und wir im stillen Büro standen.
»Man schaut halt immer, was der nächste Tag bringt«, antwortete die Frau ebenso reserviert.
»Ist es nicht doch ermüdend, wenn man mit dem Tod arbeiten muß?«
»Diese Welt verläßt man ziemlich leicht«, gab die Frau zu.
Darauf sagte Myrsky nichts.
Mein Onkel klopfte am anderen Ende des Geschäfts. Die Frau ging hin und machte eine Doppeltür auf. Dadurch öffnete sich der Blick auf den Hof, und wenn man aus dem Halbdunkel des Bestattungsinstitutes die helle Außenluft betrachtete, meinte man, in ein Land unschuldiger, unwissender Menschen zu blicken.
Der Sarg paßte in Taunos Kombi, nachdem die Rückbank umgeklappt war. Er lag schief im Kofferraum und sah aus

wie Sperrmüll. Ich zwängte mich vorne zwischen meinen Onkel und Myrsky.

»Und jetzt lassen wir die Donuts jodeln«, sagte Myrsky. »Jetzt geht die Tour erst richtig los.«

Mein Onkel fuhr ruhig in Richtung Heimat. Myrsky lamentierte, er sagte, er wolle noch nicht zurück an die Kasse und zum Ladenfegen. In Raisio fielen ihm die Baggerseen bei den Sandgruben bei Masku ein, er wollte jetzt schwimmen gehen. Auf die Einsprüche von meinem Onkel und mir hörte er nicht, er kurbelte bloß das Fenster herunter und zeigte meinem Onkel, wo er abbiegen mußte.

Wir fuhren auf einem sandigen Landrücken in einen Kiefernwald hinein. Unten stand das Wasser schmutzig und trostlos in den Senken. Man bekam das Gefühl, sich auf verbotenem Gelände zu befinden, und daß jeden Moment jemand dienstlich angerannt kommen könne, um einem das Schwimmen zu verbieten. Mein Onkel parkte den Wagen im Wald. Myrsky lief ans Ufer. Mein Onkel folgte ihm. Er krempelte die Hosen hoch und watete ins Wasser. Myrsky schaufelte sich bereits im Schmetterlingsstil bis zur Mitte des Tümpels und blieb dort stehen. Das Wasser reichte ihm bis zur Unterhose. Er stemmte die Hände in die Hüften.

»Wir können ja mal den Sarg ausprobieren«, sagte er.

Mein Onkel und ich, wir sahen uns an. Mit angriffslustigen Stößen kam Myrsky ans Ufer zurück.

»Sei nicht so kleinlich«, sagte er, als er wieder auf dem Sand stand und sich mit dem Hemd abtrocknete.

»Vergiß es«, sagte mein Onkel.

»Mensch, Olli, jetzt entspann dich mal«, sagte Myrsky. »Nur mal ein bißchen probieren, das ist doch kein Problem.«

»Trotzdem nicht.«

»Guck dich doch mal an«, sagte Myrsky. »Du zappelst wie

am Haken. Läufst wie eine Maschine, ununterbrochen. Ein Kerl wie ein Tätigkeitswort und fragt trotzdem warum, warum, warum. Nimm's lockerer. Man kann den ruhig mal ausprobieren. Ich hab noch nie in einem Sarg gelegen.«
Mein Onkel bog den Kopf weit zurück, starrte mit offenem Mund zum Himmel, seufzte tief und trottete dann hinter Myrsky her zum Wagen. Myrsky fing an, den Sarg aus dem Kofferraum zu ziehen, mein Onkel packte am anderen Ende an. Auf der Erde hinter dem Kombi sah der Sarg aus wie Handarbeit bester Qualität.
Myrsky setzte sich in den Sarg, ließ die Füße über den Rand hängen und wischte sich die Fußsohlen ab. Dann hob er die Beine herein und streckte sich aus. Sobald er die Augen geschlossen hatte, sah er aus wie ein Toter. Obwohl ich mir Mühe gab, von dem idiotischen Gedanken loszukommen, erschien es mir absolut möglich, daß er tot war.
»Klasse«, sagte Myrsky und schlug die Augen auf.
Mein Onkel lachte.
»Probier du auch mal. Nee, jetzt weiß ich, wir gehen damit ins Wasser.«
»Blödsinn«, schnaubte mein Onkel.
»Stell dir doch mal vor«, sagte Myrsky. »Du liegst da und guckst in die Wolken, und die Wellen schaukeln den Sarg. Das ist eine Erfahrung, die vergißt du nie.«
Myrsky zog den Sarg ans Wasser. Mein Onkel stand im Sand und starrte vor sich hin. Im Wasser warf Myrsky sein Hemd in den Sarg und stieg selbst hinterher, zuerst vorsichtig mit einem Bein, dann mit dem anderen, dabei hielt er sich an beiden Seiten fest. Der Sarg stieß knirschend auf Grund.
Mein Onkel setzte sich in Bewegung, er befahl Myrsky, aus dem Sarg zu steigen und ihn wie ein Boot an Land zu ziehen. Der Bewegungsablauf wirkte so alltäglich und vertraut,

daß mich ein seltsames Gefühl überkam. Ich wandte mich ab und kletterte den sandigen Hang hinauf.
Von oben sah man auf zwei verschiedene Sandgruben, als blickte man in zwei verschiedene Welten. Es war wie manchmal im Haus, wenn man in einer langen Geraden durch die Zimmer schaut, wenn man auf der Nordseite in der kühlen Kammer sitzt und durch das ganze Haus in die Wohnküche blickt, wo die Sonne scheint. Auch da sieht man zwei Welten, und die haben nichts gemeinsam, abgesehen von mir.
Ich dachte wieder an die Sätze, die die Tanten am Morgen ausgesprochen hatten. Ich fragte mich, was passierte, wenn der Großvater stürbe und Seija auszöge und niemand mehr das Haus besuchte. Ich dachte an unsere ganze Verwandtschaft, und zum ersten Mal kam ich auf die Idee, sie zu kritisieren, zu denken, daß wir eine traurige Sippe sind. Ich erinnerte mich an Dinge, die mir meine Mutter über das Haus erzählt hatte, wie sie als Kinder fremde Leute mit offenem Mund angeschaut hatten, wie man ihr gesagt hatte, ›geh in den Stall‹, wenn sie Pläne für ihr Leben gemacht hatte, wie der Vater vom Tisch aufstand, die Tasse hinter dem Rücken versteckte und im Holzschuppen verschwand, und wie die Kinder am Morgen von den Nachbarn zurückkamen und der reuevolle Vater um Verzeihung flehte.
Aber die Mutter hatte auch erzählt, wie sie schließlich von zu Hause auszog und wie Seija eine Entschuldigung fälschte und daheim blieb, um über Mutters Auszug zu weinen, obwohl sie sie ein Leben lang angeschrien hatte.
Alle traurigen Geschichten waren mir fern vorgekommen und alle schönen Geschichten nah. In meinen Ohren raschelte das Haus vor Glück. Und auch wenn der Garten hinter dem Haus verwilderte, so verwilderte er schön. Ich nahm nur Freude wahr und die unbezwingbare Gestalt der Groß-

mutter, ihre Selbstachtung, die man nicht nachahmen und sich nicht durch Beobachten aneignen konnte. Eine solche Selbstachtung bekam man offenbar als Geschenk, und ohne daß man um das Geschenk wußte, trug man es durch die Prüfungen des Lebens. Diese Großmutter liebte ich, aber jetzt lag der Großvater im Sterben, und die Tanten stritten sich, und ich hatte Angst, alles zu verlieren, auch die Großmutter. Ich wußte, daß so etwas vorkommt, schließlich hatte ich auch die leeren Häuser gesehen und die verbuschten Felder und die verlassenen Höfe, deren düstere Fliedersträucher vom Regen gepeitscht wurden.
Ich hatte so große Angst, daß ich nicht verstand, daß das, was mit uns jetzt geschah, überall passierte, daß wir uns nichts Trostloses ausdenken konnten, was sich andere nicht schon ausgedacht hatten.

7 Mein Onkel und Myrsky standen unten am Wasser neben dem Sarg und wirkten hilflos. Hinter dem Tümpel ragte der nächste Sandwall auf, auf dessen Gipfel standen die hellroten Vogelbeine junger Birken. Ich stieg den Hang wieder hinunter. Das ging leicht, ich hob die Beine und ließ mich vom Sand hinabziehen.
Mein Onkel lotste mich zum Wagen und schob den Sarg in den Kofferraum. Er gab ein übles Kratzgeräusch von sich.
»Der Schöpfer schuf den Schneeschieber«, sagte ich, als wir wieder auf der Landstraße waren. Das fand jetzt keiner witzig.
Wir fuhren lange. Das Auto roch wie ein warmer Fußball oder wie gebräunte Haut. Das war ein guter Duft, aber darüber konnte man jetzt nicht reden. Ich dachte an den feuch-

ten Sarg, und mir kam in den Sinn, wie Myrsky ausgesehen hatte, als er darin gelegen hatte.
»Was für eine Tour«, sagte mein Onkel, als wir den Dorfladen erreichten.
»War doch gut«, erwiderte Myrsky gut gelaunt.
Wir schauten zu, wie Myrsky über den Hof zum Laden schlurfte. Er sah kleiner aus als am Morgen.
Mein Onkel fuhr ruhig vom Hof, er blinkte sogar und schaute sorgfältig in beide Richtungen.

Wir fuhren an der Kesoil-Tankstelle vorbei. Mein Onkel parkte den Wagen auf der Sonnenseite hinter der Werkstatt und ließ die Heckklappe offen.
Wir gingen ins Café, flipperten, mein Onkel trank Kaffee. Über meine vorsichtige Spielweise machte er sich nicht lustig, lobte mich allerdings auch nicht dafür.
»Hast du viele Freunde?« fragte er mich überraschend mitten im Spiel.
Ich lief rot an und starrte auf die Flippermaschine.
»Nicht übermäßig«, schlug mein Onkel vor und sagte dann: »Ich hab auch nicht so übermäßig viele.«
Der Sarg war immer noch feucht, als wir zum Wagen zurückkamen. Ein dunkler Rand lief an den Seiten entlang. Mein Onkel fuhr mit dem Finger darüber und schaute mich an.
»Wie sollen wir zwei beiden das jetzt erklären?«

Der Kombi rollte im Leerlauf vors Haus. Lange Schatten zogen über das Gras. Die Männer liefen zwischen den Gartenstühlen umher. Sie kamen sofort auf uns zu, als sie das Auto sahen. Ich konnte nicht rechtzeitig entkommen und mußte mir anhören, was sie sagten und fragten.
Aus dem offenen Fenster hörte man die Erkennungsmelodie

der Nachrichten. Der Fernseher war laut gestellt. Ich stieg die knarrenden Stufen zur Veranda hinauf und stand dann im Halbdunkel des Flurs.

»Wie es der Erzbischof von Canterbury in seiner Predigt formulierte: Das sind die Momente, aus denen Märchen entstehen«, kommentierte eine Männerstimme.

Ich ging hinein und trat an die Wohnzimmertür. Ich sah Mutter und Seija und Riitta und Pirkko und Großmutter auf den Sofas sitzen. Sie drehten sich alle zu mir um. Sogar der Nachrichtensprecher starrte mich an.

II
Oktober 1994

I Mein Onkel rief auch am Freitag an, so wie er die ganze Woche schon jeden Tag angerufen hatte, er versicherte sich, ob ich auch wirklich käme, pries das Wetter und die Beißlust der Fische und bat mich, Roggenbrot und einen rotweißen Nils Master mitzubringen.

Ich versprach es und blickte dabei auf meine Sachen. Die alte Angelschnur lag als Knäuel im Flur auf dem Fußboden, die neue wartete in einer Schachtel auf dem Telefontisch, eine Zehn-Kilo-Monofil-Schnur. Schon als ich die Schnur im Geschäft ausgewählt hatte, war ich mir wie ein ganz anderer Mann vorgekommen: charismatisch.

Mein Onkel sagte, aus dem Meer kämen derzeit Kreaturen heraus, daß man sie um Verzeihung bitten mußte, bevor man ihnen die Keule auf den Kopf schlug. Ich hörte, daß er betrunken war. Im Hintergrund nahm ich andere Stimmen wahr. Ich bekam nicht heraus, wer noch im Haus war, aber betrunken waren sie alle. Mein Onkel sagte, die Pläne hätten sich ein wenig geändert, es seien Gäste gekommen, und man stimme sich auf einen geselligen Abend ein.

Ich spulte die Angelschnur auf. Sie lief schön auf die Rolle. Zwischendurch hielt ich im Spulen inne und drehte die Schnur zwischen den Fingern wie einen Rosenkranz.

Die Sonne schien durch die gelben Ahornblätter hindurch in die Küche. Es fühlte sich an wie im Sommer beim Betrachten der Sonne durch den Zeltstoff, wenn der Wind ihn bewegt. Ich dachte an die vertraute Meeresbucht und das schwankende Schilf, in dessen Schutz die Hechte warteten. Bald fiel mir wieder ein, was ich bei der bevorstehenden Tour vielleicht alles brauchen könnte, und ich machte

mit dem Packen weiter, ging von einem Zimmer ins andere und sammelte Medikamente, Pflaster, Verbandszeug, Taschenlampen und einen Strang Seil ein.
Am Nachmittag kamen meine Frau und Aleksi. Der Junge lief mir hinterher und beschwor mich, ihm etwas mitzubringen, Aufkleber. Ich versprach ihm, etwas mitzubringen, etwas aus dem Haus, denn Läden gab es dort weit und breit keine, und gleichzeitig raffte ich meine Sachen zusammen und brach auf.
Ich brach mehrmals auf. Ich umarmte den Jungen und rief von der Tür aus Tschüs und rannte noch einmal hinein, um etwas zu holen. Ich neige dazu, Dinge zu vergessen: Taschen, Schlüssel, Mützen. Manchmal vergesse ich das Portemonnaie. Ich habe Angst, daß es ein erstes Symptom für eine versteckte Depression sein könnte. Bisweilen denke ich aber auch, daß ich einfach mehr Sachen habe als früher.
Ich fuhr durch die Innenstadt, kaufte als Mitbringsel einen Wobbler, einen blauen. Diesmal schaute ich nicht auf den Preis. Auf der Landstraße ließ ich das Radio laut brüllen und trommelte aufs Lenkrad. Das war die Tour, die ich mir nachmittags oft vorgestellt hatte, wenn meine Frau und der Junge schliefen. Ich fing an, mir Gedanken darüber zu machen, ob ich meinen Onkel und Myrsky mehr liebte als meine Frau, ob meine Gefühle ihnen gegenüber echter waren als all die schönen Reden, die ich meiner Frau hielt. Ich einigte mich innerlich darauf, daß ich sie alle liebte.
Die Oktobersonne ging hinter gepflügten Äckern und Fichtenwäldchen unter. Ich machte das Radio aus, denn ich wollte an meine Frau denken. Sie hatte mich fröhlich auf die Reise geschickt. Das tat sie immer, sie hatte es in jenem Herbst versprochen, als ich mit Depressionen im Bett lag: Wenn ich nur wieder aufstünde und etwas täte, sie würde

mich bestimmt nicht daran hindern. Ich dachte an dieses goldene Versprechen meiner Frau zurück und stellte fest, daß sie es gehalten hatte. Gleichzeitig fragte ich mich, was ich ihr schon alles versprochen hatte.
Hinter Tampere begann es zu dämmern. Als ich das nächste Mal daran dachte, war es dunkel. Alles sah gleich aus, die langen Geraden zwischen den Feldern und die kleinen Ansiedlungen, die schwachen Straßenlampen und die Schilder an den Tankstellen, die knatternden Datsun-Patrouillen, die sich auf die Freitagabend-Schicht einstimmten. Wenn es dunkel wird, hat es keine Bedeutung mehr, wie der Tag gewesen ist.
Die Stadt Grosny in Tschetschenien wurde besetzt. In Bosnien wurde gekämpft. Von Hutu und Tutsi war den ganzen Sommer und Herbst schon die Rede gewesen. Es kam mir unwirklich vor, daß all das tatsächlich irgendwo passierte. Der Wetterbericht versprach Regen von Westen her, über Fennoskandien entwickelte sich eine Tiefdruckzone.

2 Die Anfangsfreude am Fahren verflog rasch. Ich lutschte Halsbonbons und suchte im Radio nach Frequenzen. Der schwarze Asphalt und der schlecht zu erkennende Randstreifen erinnerten mich an ein Videospiel, an die anspruchsvollen Strecken und Straßen, wo hinter Kurven und Tunnels die Autos so unvermutet auftauchen, daß man gar nicht anders kann, als mit ihnen zusammenzustoßen. Ich geriet immer weiter von zu Hause weg. Meine Frau und der Junge lasen im Schlafzimmer die Gutenachtgeschichte, und ich fuhr durch das südliche Finnland, auf dem Weg zu einem vertrauten Haus, in dem eine Gruppe Betrunkener auf mich wartete.

Ich bekam dermaßen schlechte Laune, daß ich mir vorstellen mußte, wieder zu Hause zu sein. Ich stellte mir Kopfschmerzen, einen dumpfen Gemütszustand, die Couch und den Fernseher vor. Ich stellte mir einen dämmernden Abend vor, ein langes Wochenende, einen Besuch bei der Schwiegermutter und die Stimmung am Kaffeetisch: »Tja, so war das«, »ja, ja, genau«. Das Klimpern der Tassen aus dem Myrna-Service, das Rühren im Kaffee, die Plätzchen, das ganze Kammerspiel, meine Stummheit und die zwanghaften Versuche des neuen Mannes meiner Schwiegermutter: »Willst du dir mal unseren neuen Wagen anschauen, Jussi?«

Ich hakte die Hände im unteren Teil des Lenkrads ein. Mit so einem kleinen pauschalen Zorn fuhr es sich gut.

Die letzte Pause machte ich an der Umgehungsstraße von Turku. Ich steckte eine Münze in den Apparat und ließ es lange läuten. Ich wollte meiner Frau alles erzählen, wollte sie daran erinnern, wie gut diese Tour mir und uns allen tun würde.

Aleksi schrie in unmittelbarer Nähe, ich vermutete, daß er an der Telefonschnur zerrte.

»Entschuldige«, stieß ich aus. »Ich habe euch geweckt.«

»Wir haben noch nicht geschlafen«, sagte meine Frau.

»Verzeih mir, ich mußte einfach anrufen. Ich möchte nach Hause zurück.«

»Warum?«

Die Stimme meiner Frau klang ehrlich besorgt. Aleksi schrie.

»Nein, entschuldige, ehrlich. Laß uns aufhören, damit ihr schlafen gehen könnt. Bei mir ist alles in Ordnung. Entschuldige, daß ich angerufen habe. Entschuldigung. Entschuldige, daß du immer wieder diese Anfälle von mir ertragen mußt.«

Ich hörte meine eigenen Worte, und als meine Frau nichts

darauf sagte, wurde ich wütend und laut: »Die übrigens bloß Anfälle sind, wie sie jeder normale Mann mal hat!«
»Gute Fahrt«, sagte meine Frau müde.

Die Erinnerung an das ungute Telefongespräch verging nur langsam. Die Wegweiser am Straßenrand brachten mir frühere Fahrten in Erinnerung, bessere als diese, Jahre zurückliegende und andere, frischere, und jene Tour im Sommer, als Aleksi über Kopfweh klagte und wir auf einem Baumstumpf saßen und warteten, daß die Schmerzen vergingen. Sogar diese Erinnerung kam mir jetzt schön vor.
Ich dachte darüber nach, was in meinem Leben alles schlecht war. Mir fiel nichts richtig Schlechtes ein, aber dadurch fühlte ich mich auch nicht besser.
Auf der Straße nach Kustavi mit ihren langen geraden Abschnitten kamen mir Autos entgegen. Ich blendete immer zu früh ab, zwischen mir und dem entgegenkommenden Fahrzeug blieb eine lange, dunkle Lücke, die ich durch Beschleunigen schließen mußte. Das Geräusch des vorbeirauschenden Autos klang tadelnd. Ich wurde das Gefühl erst los, als ich an die Menschen dachte, die in den Autos saßen: an frustrierte Büroangestellte und neurotische Studentinnen, an junge Männer, die ihre Mütter schlecht behandelten, an die Mütter dieser jungen Männer, an Ärzte, die ihre Patienten verachteten, an Männer mittleren Alters, die sich auf der Toilette nicht die Hände wuschen, an reiche Männer, die zur Kellnerin dallidalli sagten; an all jene Menschen, von denen auch die Autos, die hier durch die Dunkelheit rasten, voll sein mußten.

Der letzte Abschnitt schlängelte sich zwischen vertrauten Höfen hindurch, an den Ecken von Nebengebäuden vorbei. Die

Nähe des Meeres war zu spüren, sogar in der Dunkelheit des Himmels lag eine gewisse Leichtigkeit, ein Kräuseln, die Widerspiegelung der See.
Das Gras schoß in hellgrünen Büscheln aus den Straßenrändern. Die Straße war leer, im Fernlicht bewegten sich nicht einmal Insekten. Der Anblick war so klar, daß man das Gefühl hatte, jeden Moment könnte ein Tier auf die Straße preschen, ein dampfendes, haariges Wesen.
Nach der letzten Kurve öffnete sich das vertraute offene Akkerland. Die Silhouette der großen Eiche stand in der Dunkelheit. Aus den Fenstern des Hauses leuchtete behagliches Licht.

3 Mein Onkel kam mit ausgebreiteten Armen aus dem Haus und umarmte mich lange. Er dünstete den Gestank tagelangen Trinkens aus. Das erinnerte mich an das letzte Jahr des Großvaters, an sein Brummen, an die klirrenden Bierkästen und die braunen, schmuddeligen Wollpullover. Ich erwiderte die Umarmung meines Onkels kräftig. Ich begriff, daß ich bei dieser Tour nicht zum Fischen kommen würde.
»Willkommen im Kurs für positives Denken«, sagte mein Onkel.
Auf die Pläne meines Onkels kann man sich nicht verlassen. In seiner Gesellschaft verpaßt man Züge und Eishockeyspiele. Mit ihm kann man in das Zimmer einer Pension geraten, wo man dann durch den Vorhangspalt die Welt betrachtet und wartet, bis er seine Flasche Rotwein ausgetrunken hat. Das stört mich nicht, in solchen Situationen versuche ich daran zu denken, daß mein Onkel nicht nach Vollkommenheit strebt, wie wir gewöhnlichen Menschen, sondern nach etwas

viel Besserem. Ich versuche zu denken, daß jetzt womöglich das ganz andere geschehen wird und daß ich loskomme von mir selbst und meinem ewigen Langweilerdasein, wenn ich dieses andere geschehen lasse.
Hier und da schimmerten helle Rundhöcker unter dem Gras durch. Die roten Lichtpunkte am neuen Mobilfunkmast leuchteten in der Ferne hinter den Erlen am Ufer. Ursprünglich hatte ich mir vorgestellt, sofort einen Rundgang zu machen, aber jetzt schaffte ich es nicht mehr. Ich streckte mich nur nach meinen Sachen auf der Rückbank, und dann stand ich neben dem Auto.
Von der Veranda kamen Menschen herunter. Maria kannte ich, sie war schon im Frühjahr mit Myrsky zusammengewesen, aber die kleine Frau mit den großen Brüsten kannte ich nicht. Sie gab mir fröhlich die Hand und stellte sich als Veera vor. Die Begrüßung fiel offiziell aus, ich war schüchtern, ich wußte von Marias Depressionen und von ihren Aufenthalten in der Klinik und hatte Angst, man könne mir das am Gesicht ablesen. Ich versuchte möglichst natürlich und ermutigend zu wirken. Vor Anstrengung wurde meine Miene steif.
Myrsky kam als letzter heraus. Er packte mich an den Schultern, hielt mich im Griff und musterte im Halbdunkel vor dem Haus mein Gesicht.
»Und, Herr Professor?«
»Lehrbeauftragter.«
»Klasse, Jussi!« begeisterte sich Myrsky. Er schien fast zu platzen vor Freude. Er war überglücklich, weil ich hier war, weil ich Lehrbeauftragter war, überhaupt wegen allem. Seine Freude steckte an.
Myrsky forderte auch die Frauen auf, mich anzuschauen, meine Erscheinung und meinen Gesichtsausdruck: optimistisch, tüchtig.

»Wie der Offizier Kariluoto, der vom Heimaturlaub wieder zu den Seinen zurückkommt.«
Myrsky fand, dieser Gesichtsausdruck sei wesentlich angenehmer zu betrachten als der vom feigen Frontsoldaten Riitaoja, mit dem ich immer weggefahren sei, und den ich über kurz oder lang wieder aufsetzen würde.
»Das ist so ein Gesicht, das sagt, gleich fällt die Bombe. Und zwar genau in dieses Waldstück.«
Ich schüttelte den Kopf und tauschte einen amüsierten Blick mit der fremden großbusigen Frau.
»Gleich fällt die Bombe«, redete Myrsky weiter, »ich muß jetzt gehen.«
Er bat mich, es selbst zu sagen, zu demonstrieren, wie schicksalsschwer ich es aussprechen konnte. So schicksalsschwer, daß ihm einfach noch kein Widerspruch dazu eingefallen sei.
Ich sagte, noch würde ich nicht weggehen. Auf den Stufen zur Veranda erinnerte mein Onkel daran, daß das Weggehen eine Kunst sei.
»Bleiben kann jeder. Man bleibt halt da. Aber das Weggehen ist eine Kunst.«
Wir gingen hinein. Ich nahm die Stufen, als wäre ich nie weggewesen. An den Wänden der Veranda grüßte die vertraute blaue Farbe. Im Flur und im Treppenhaus waren die Wände mit Dekorationsbildern tapeziert, mit Aufnahmen von Muscheln, Sonnenschatten und Margeriten.
Ich fühlte die Klinke der Küchentür in der Hand. Beim Öffnen sah ich sie an und dachte, ja, das ist immer noch dieselbe Klinke.
Der Tisch stand an der falschen Stelle, die Kommode war fremd und wirkte, als wäre sie irgendwo aufgetrieben worden, der Schaukelstuhl fehlte. Nur die Fenster befanden sich

an ihrem Platz, allerdings hatten sie komische Gardinen. Im Spülbecken lagen die Gräten einer Lachsforelle. Auf dem Herd brodelte es in einem Topf ohne Deckel, auf Stufe sechs, er war bis oben hin voll mit Fischschaum und zerfallenen Kartoffeln. Ich ging hin und drehte die Platte auf null. Auf der Wachstischdecke war eine lange Reihe Flaschen aufgebaut, Bier, Korn, Wodka.
Im Wohnzimmer flimmerte der Fernseher. Die Wände dort waren hellgrün gestrichen worden. Ich setzte mich auf das Ledersofa und legte den Wobbler, den ich als Mitbringsel gekauft hatte, auf den Tisch. Auf der Bettcouch lagen Kleider herum, ganz oben war ein BH zu erkennen. Angelruten und Angelkästen konnte ich nirgendwo sehen. Noch einmal versuchte ich zu denken, daß ich in das Haus meiner Kindheit gekommen war, und diese Vorstellung paßte ich an all das an, was ich um mich herum sah.
Auf dem Tisch stand eine Schale mit Äpfeln, hinter der Schale lag eine Postkarte. Ich nahm mir einen Apfel und streckte mich nach der Karte. »Petri Heil, wünschen Pirkko und Raimo.«
»War Pirkko hier?« rief ich in die Wohnküche hinüber.
»Hat den Schlüssel gebracht«, antwortete mein Onkel.
»Und eine Karte«, rief ich und biß in den Apfel.
»Stimmt«, sagte mein Onkel. Er war im Türrahmen erschienen.
»Raimo«, murmelte ich und starrte auf die Karte. »Was ist das für einer?«
»Wie die halt so sind.«
»Hier macht sich jetzt also einfach irgend so ein Raimo breit.«
»Hör mir bloß auf.«
»Und Pirkko?«

»Genau wie früher. Außer, daß sie früher geraucht hat.«
»Nicht gereizt? Keine Spannung in der Luft? Nichts nachgetragen? Einfach herzlich willkommen?«
»Immerhin ist das auch mein Elternhaus. Außerdem benutzen die das bloß als Feriendomizil. Scheiße, wie mich das ankotzt, wenn ich es mir genau überlege«, sagte mein Onkel, als hätte er es erst jetzt begriffen.
Ich sah mich im Wohnzimmer um, betrachtete die Wände und Möbel und dachte, daß es die Wände und Möbel eines Ferienhauses waren.
»Und alles fing damit an, daß du das Konfirmationsbild von Raimos Tochter geknipst hast?«
»Geknipst«, wiederholte mein Onkel. Er setzte sich neben mich und meldete den Verdacht an, ich würde seine Arbeit nicht gebührend schätzen. Herrschaftszeiten, in seinem Beruf gebe es keine größere Herausforderung als ein Konfirmationsbild. Alles andere könne man mit Routine erledigen, Babys waren Babys, die Abiturienten plusterten sich auf, und die verliebten Brautpaare hatten aus dem Fernsehen und aus Zeitschriften gelernt, wie man sich verliebt geben mußte. Aber ein Mensch, der gerade konfirmiert worden ist, sei ein Puzzle, und dieses Puzzle müsse der Fotograf zusammensetzen. Der Mund war noch kindlich zart und gutgläubig, aber in den Augen schimmerte bereits die Enttäuschung des erwachsenen Menschen durch. Am anspruchsvollsten seien Konfirmationsfotos von Mädchen, auf ihnen müsse man die Atmosphäre des einen Gedichtes von Arto Melleri festhalten, wo das Mädchen das blutige Laken im Fluß wäscht. Dieses Gedicht zitiere er beim Fotografieren, und auf diesen Gesichtsausdruck warte er. Der gehöre auf ein Konfirmationsfoto, und den habe er auch in die Augen von Raimos Tochter hineinbekommen.

»Du zitierst es doch nicht laut?« wunderte ich mich.
»Na klar«, sagte mein Onkel und machte dabei den Eindruck, als wisse er nicht, ob er es tat oder nicht.
Im Fernsehen kam eine Sendung, die ich kannte. Sie wirkte fremd. Durch die Autofahrt und die Dunkelheit und das Haus und die Begegnung mit den Menschen war ich aus der Fassung. Wieder dachte ich an meine Frau und den Jungen, die zu Hause schliefen. Ich befand mich mit vier betrunkenen Menschen in einem mir vertrauten Haus, das ein gewisser Raimo, der neuerdings zu Pirkko gehörte, renoviert hatte.
Myrsky rief in der Küche, es wäre Zeit, zum Tanzen aufzubrechen.
»Hier hat sich einiges verändert«, sagte ich und stand auf und streckte mich und gähnte.
»Nicht das Thema wechseln«, sagte mein Onkel. »Wir fahren doch?«
Ich sah ihn an und begriff, daß ich ihm eine Antwort geben mußte. Ich begriff auch, daß ich es nicht wagen würde, mich auf seinen betrunkenen Zustand zu berufen und auch nicht auf die Tatsache, daß ich sie nicht alle in meinem Auto haben wollte.
»Ich bin viereinhalb Stunden gefahren.«
»Fang nicht an zu zittern«, sagte Myrsky. Er stand auf der Schwelle zum Wohnzimmer.
»Du verdirbst den Ruf der Männer deiner Sippe«, sagte auch mein Onkel. »Wir nehmen das Boot.«
Ich sah, daß sie es ernst meinten. Ich drehte mich zum Fernseher um. Lange starrte ich ihn an, bis ich anfing zu sehen, was dort kam. Eine Reportage über die Arbeit der Estonia-Untersuchungskommission.
»Weißt du, wenn es vorherbestimmt wäre, daß ich im Suff ums Leben komme, wäre ich längst tot«, sagte mein Onkel.

4 Myrsky ging eine rauchen. Mein Onkel nahm einen Schluck Weißwein und wischte sich den Mund ab. Er erzählte, er habe die letzten drei Nächte nicht geschlafen. Er habe im Bett gelegen und gedacht, er besuche sein Elternhaus und ginge mit mir fischen, und auf der Insel würden wir zusammen Kaffee kochen, und alles wäre wie früher. Und dann sei er mit Myrsky am Mittwoch hierhergekommen, sie hätten eine Flasche aufgemacht, und das war es dann. Er habe einfach sein Glück nicht ertragen, er sei so glücklich gewesen, daß er an seinem Glück vorbeigerannt sei.
»Jetzt übertreib mal nicht«, versuchte ich zu beschwichtigen.
»Doch, doch, doch«, sagte mein Onkel, so erginge es ihm jedesmal, schon als Kind sei das so gewesen. Wenn die Lehrerin sagte, den Rest der Stunde dürft ihr machen, was ihr wollt, fing er sofort an zu toben, und er tobte so lange, bis er schweißnaß war und die Lehrerin ihn am Ohr packte und in den Hof brachte. Oder wenn sein Cousin zu Besuch kam. Dann fing er an zu rennen, und er rannte so lang, daß er beim Aufwachen nicht wußte, was er getan hatte, aber seine Hosenträger waren verknotet, und der Cousin war weg.
»Ich müßte immer noch eine Mutter neben mir haben«, seufzte mein Onkel, »so eine sechs Meter große Mutter, die mich am Kopf packt und mich streichelt und sagt, Olli, Olli, Olli. Und du bist immerhin dreihundert Kilometer gefahren.«
Ich blickte ihn kurz an, er saß mit der Flasche in der Hand in der Sofaecke. Drei Nächte hatte er nicht geschlafen, sondern auf mich gewartet.
»Olli«, sagte ich, zuerst innerlich und dann laut, »ich find's schön, hier zu sein.«
Mein Onkel nickte. Dann wies er in Richtung Küche, senkte die Stimme und sagte, auch ihm sei ein Fluch rausgerutscht,

als Myrsky ihn angerufen und gesagt habe, er würde Maria und Veera, eine Künstlerfreundin von Maria, einladen. Als wäre nicht sowieso schon alles durcheinander, alles, absolut alles. Mein Onkel schüttelte den Kopf. Aber nichts könne so durcheinander sein, daß Myrsky es nicht noch ein bißchen mehr durcheinanderbringen könne. Einmal sei er zu Besuch gekommen – um die Knoten in der Beziehung von meinem Onkel und seiner Frau zu lösen, wie er gesagt habe – und habe schon an der Haustür angefangen, die Frau anzumachen, er habe ihr tief in die Augen gestiert und Denksprüche von sich gegeben und sich so nah an sie herangeschleimt, daß sich die Atemabgase vermischt hätten. Die Alte sei ziemlich verdattert gewesen, und Myrsky habe ihr in die Augen geguckt wie ein verwundeter Ritter, dem ein Schwert in der Brust steckt, das ihm gerade das Herz durchbohrt hat.
»Das Herz, das sich in meine Alte verliebt hat«, sagte mein Onkel.
Ich erinnerte mich, wie Myrsky einmal nur für einen kurzen Abstecher bei uns gewesen war und in den zwei Minuten im Hausflur trotzdem Zeit gefunden hatte, lange die Hand meiner Frau zu halten und ihre Augen und ihre Haare und ihre Beine zu preisen. Das hatte mir gefallen.
»Aber wir wollten ja fischen gehen«, sagte mein Onkel. »Ein Beziehungspicknick ist etwas völlig anderes als die Angeltour von zwei Männern. Männer können über eine Frau und ihre Formen gut und gern eine Woche reden, aber sobald ein lebendes Objekt erscheint, war's das mit der Tour.«
»Was ist denn alles so durcheinander?« hörte ich mich fragen.
»Wir liegen in Stellung und warten ab«, sagte mein Onkel. »Die Alte berechnet die Koordinaten, und ich sitze im Schützengraben und vertreibe mir die Zeit mit Schnitzarbeiten.«

»Ach so sieht es aus«, bedauerte ich. »Wer will sich denn mehr ... scheiden lassen?«
»Beide«, sagte mein Onkel und tippte sich mit dem Zeigefinger auf die Brust. »Aber ich bin der Schuldige, mich wird man wieder über dem Altar aufhängen.«
Er fing an zu erzählen, wie sie beide im Sommer ihrer eigenen Wege gegangen seien, jeder für sich, und wie sie im September dann daheim aufgewacht seien; wie seine Frau gleich auf ihn losgegangen sei, und wie ihn das so verblüfft habe, daß er die Stellung nicht habe ändern können, er habe nur dagelegen und eingesteckt. Und wie er dann gedacht habe, Scheiße, ich bin ein Mann und kein Bürschchen, und wie er daraufhin alles erzählt habe. Seine Frau habe da noch Verständnis gezeigt, sie habe gesagt, es seien schwere Zeiten gewesen, sie habe genickt und ihm barmherzige Blicke gegönnt, und er habe seine Frau gelobt und ihr für ihr Verständnis gedankt. Erst am Montagmorgen sei ihm schlagartig klargeworden, daß sie ja überhaupt nichts erzählt hatte, nichts von dem, was sie in den letzten Wochen getrieben hatte. Bat sie vielleicht mit ihrem Verständnis für seine Geständnisse dafür um Entschuldigung? Aber letzten Endes habe ihn auch das nicht gestört, so gut sei es ihm nach seinem Geständnis gegangen.
Ich wollte mich näher danach erkundigen, was bei meinem Onkel und seiner Frau gelaufen war, nach den eigenen Wegen, die sie gegangen waren, aber ich traute mich nicht. Statt dessen fragte ich, ob sie nicht noch einmal miteinander reden wollten.
»Da fallen zwei Sätze, und die Schreierei geht los«, sagte mein Onkel. »Wie wenn du Milch kochst. Wenn sie nicht überschäumt, brennt sie an.«
Er wirkte bekümmert. Er sagte, was ihnen fehle, sei Freund-

schaft. Sie hätten nichts als die Lust, und auch wenn man auf der Basis der Lust eine Beziehung anfangen könne, so tauge sie doch nicht dazu, die Beziehung aufrechtzuhalten. Seit Ewigkeiten redeten sie nur noch darüber, was eingekauft werden müsse und was er alles falsch mache. Und wenn er sich recht erinnere, hätte in all den drei, vier Jahren, die sie zusammengewohnt hatten, sich niemand für seine Meinung interessiert: Wenn er am Eßtisch versucht habe, dem Kind zu erklären, daß man auch mal Bitte sagen könne, dann habe die Alte geknurrt wie eine Tigermutter.
»Patchworkfamilie«, sagte mein Onkel traurig, »das heißt, du hast einen Ziegenbock, einen Kohl und einen Wolf; wie bringst du die in einem Boot heil übers Wasser. Gleichzeitig geht nicht, und du kannst auch nicht zwei alleine am Ufer lassen.«
Ich behauptete zu verstehen, was er meine, und fragte mich, ob der Vergleich auch auf meine Kernfamilie zutraf. Ich sah es als Bild vor mir: Meine Frau ruderte, ich und der Junge rollten als Kohlköpfe hin und her, während das Boot übers stille Wasser glitt.
»Wär ja alles nicht so schlimm, wenn es nicht so saumäßig ans ...«, mein Onkel verzog den Mund und senkte die Stimme, »Jeld gehn würde.« Er rechnete mir vor, wie oft er sich schon von einer Beziehung freigekauft hatte: Jedesmal wenn das Haus auch nur einigermaßen stand, mußte er schon wieder überlegen, wo er auf einen Schlag dreihunderttausend Mark herbekam.
Der Sturm in seinem Gesicht legte sich. Seine Stimme wurde ruhiger. Mit dieser ruhigen, windstillen Stimme erzählte er mir, er werde sein Studio schließen müssen, weil niemand mehr zur Tür hereinkam, abgesehen von Spendensammlern. Ich sah ihn an und sagte, nun übertreibe er aber; darauf er,

ich hätte keine Ahnung vom Leben eines Unternehmers. Ich stünde beim Staat im Brot und wäre damit nichts anders als ein Hecht, der in stehendem Gewässer faul in den Tag hinein lebe.
Ich hatte keine Lust, mit meinem Onkel über meine Arbeit zu reden, über die fünf Wochenstunden, in denen ich dieselben belanglosen Dinge faselte, die mir wenige Jahre zuvor jemand vorgefaselt hatte, über das Herumsitzen in der Uni-Cafeteria, über das Promotionsstudium, das mir wie Spiegelfechterei vorkam und in das ich mich vor den Alternativen geflüchtet hatte, vor Arbeit und Arbeitslosigkeit, über das geringe Stipendium, über den Immobilienkredit, den wir auf das Einkommen meiner Frau aufgenommen hatten, und über die Unterstützung der Mutter meiner Frau, die mich intuitiv dazu veranlaßte, das Haus immer als »das Haus meiner Frau« zu bezeichnen.
Mein Onkel machte die Flasche leer und stellte sie mit einer Geste ab, der man ansah, daß er schon viele leere Flaschen abgestellt hatte. Er konstatierte, daß er nicht einmal als Unternehmer in so große Schwierigkeiten geraten sei wie in seinen Beziehungen, in jeder einzelnen von ihnen. Wenn er im Leben überhaupt etwas gelernt habe, dann das: Man soll sich keine Frau als Lebensgefährtin nehmen. Da habe er sich in die Irre führen lassen, er habe sich angeguckt, was die anderen so treiben, das Leben seiner Schwester, auch das Leben meiner Mutter, und habe allmählich angefangen zu glauben, er müsse bloß zusehen, daß er Porzellantassen mit Erdbeermuster von Arabia in die Vitrine bekomme und dazu eine Person, die sie abstaube, dann würde sein eigenes Leben anfangen. Schreckliches Mißverständnis. Auf Frauen könne man nichts aufbauen, Frauen müsse man als Objekte nehmen. Schließlich seien sie Objekte, was denn sonst, wer etwas

anderes behaupte, lüge sich selbst in die Tasche und fände sich bald schon wimmernd und in Embryohaltung in einem Ehebett wieder. Klar, für die Ratte fände sich immer ein Rad, aber in dem Rad dürfe man nicht anfangen zu rennen; ein Mann müsse sein Leben selber leben. Und die Frauen seien dafür da, daß man ihnen in der Kneipe den Prinzen mache.
»Die Hanna wird dann jetzt ausziehen?« fragte ich.
»Nein, ich hab mir gedacht, ich gehe. Ich verkaufe alles und hol mir eine einfache Fahrkarte nach Argentinien.«
Darauf wußte ich nichts zu sagen. All diejenigen, die nach Argentinien ausgewandert waren und früher großen Eindruck auf mich gemacht hatten, brachten mich mittlerweile nur noch dazu, mich zu schämen. Wenige Jahre zuvor hatte ich selbst von einem Umzug nach Jamaika geträumt und über meine Pläne geredet und Karten und Bücher gekauft. Wenn mir die Bücher heute ins Auge fielen, ertrug ich das nicht; es war mir so unerträglich, daß ich sie nicht einmal wegschaffen konnte. Mein Onkel allerdings, dachte ich unwillkürlich, der wäre imstande, nach Argentinien auszuwandern. Auch wenn er ein Angeber war wie alle anderen, es könnte sein, daß ich einen Monat später tatsächlich eine Postkarte aus Buenos Aires bekam.
Mein Onkel bat mich, an Kolumbus und Vasco da Gama zu denken. Er wollte wissen, ob ich mir je Gedanken darüber gemacht hätte, was jene erwachsenen Männer dazu veranlaßt habe, zu so weiten Reisen aufzubrechen. Ich sagte, ich hätte mir noch keine Gedanken darüber gemacht. Mein Onkel sah mich kummervoll an und wunderte sich, daß ich auch das nicht verstand. Könne sich nicht jeder verheiratete Mann vorstellen, was bei Kolumbus zu Hause für ein Geschrei geherrscht habe?
»Du Scheißkerl liegst den ganzen Tag bloß auf dem Sofa rum

und hörst nicht, was man dir sagt. Da hat Kolumbus irgendwann gesagt, leck mich am Arsch, ich gehe.«
Nach Auffassung meines Onkels waren die Seewege nach Amerika und Indien nur Nebenprodukte auf dem Weg ans Ende der Welt; unterdrückte Wut wurde da kuriert. Mein Onkel glaubte, sogar eine richtig große unverdaute Wut würde sich auf so einer Tour lösen, und in Kolumbus könne sich durchaus das angenehme Gefühl der Erwartung eingeschlichen haben, das auch im Bauch kribbele, wenn man mit Angelrute und großer Spule hinausfuhr, das Gefühl, überhaupt nicht zu wissen, was am Haken hängenbleiben würde. Dieses Gefühl wolle er jetzt erleben. Er wolle mit einem Frachtschiff hinüberfahren und mit eigenen Augen sehen, wie die Heckwelle zurückblieb und die Lichter der Hafenstadt vor dem Bug auftauchten. Und dann würde er sich ins Getümmel stürzen: einmal noch, Jungs, die Frauen flachgelegt. Und nachdem er alle Sünden begangen hätte, würde er im Hotel in die versauten Kissen sinken und ein letztes Mal aufseufzen, und die Fernbedienung würde ihm aus der Hand gleiten, und die Frau vom Satellitenfernsehen würde auf dem Bildschirm bleiben und erzählen, was auf der Welt passierte, aber seine Seele segelte dann schon auf seligeren Meeren.
Wir saßen auf dem Sofa und sinnierten über das, was er gesagt hatte. Ich schaute meinen Onkel an und taxierte den Grad seiner Betrunkenheit. Ich wollte ihm etwas Schönes sagen. Mein Herz fing an zu pochen, als ich den Entschluß faßte, es zu tun. Ich sagte, ich würde ihm helfen, wenn er in dieser schwierigen Lebenssituation Hilfe bräuchte, und ich erinnerte ihn daran, daß ich ihn verehrte, und dann murmelte ich, das sei natürlich selbstverständlich, aber daß ich ihn eigentlich liebte.

Mein Onkel sprang auf. Er rief, nun sei ich zu weit gegangen. Das könne er nicht mehr ertragen. Er werde jetzt gehen, und ich dürfe allein zurückbleiben und darüber nachdenken, was ich gesagt habe, und zugucken, wie der Regen ans Fenster tröpfelt, und zuhören, wie die Uhr an der Wand tickt.
Ich mußte lachen. Mein Onkel ging im Wohnzimmer hin und her, schnappte sich einen Apfel aus der Obstschale, wischte ihn am Hemd blank und setzte seinen Gang fort. Er konnte nicht stehenbleiben. Daran erkannte ich, wie wichtig meine Worte für ihn gewesen waren.
Ich wartete, bis er wieder auf dem Sofa saß, dann versicherte ich ihm, es ernst zu meinen.
»Na klar«, stimmte er zu. Er sah zu mir herüber und erklärte, es gebe in seinem Leben nichts Wertvolles mehr, außer dem Studio, Myrsky und mir, nur wir hielten ihn noch aufrecht, allein wegen uns halte er noch durch.
»Ohne euch würde es keine drei Jahre dauern, und ich würde meine Tage im Wartehäuschen an der Bushaltestelle verbringen.«

5 Maria kam zu uns und machte den Vorschlag, ich solle meine Tasche in die Kammer neben der Sauna bringen, dort könne ich in Ruhe schlafen. Frauen sind auch dann noch fähig, Rücksicht auf andere zu nehmen, wenn sie ein bißchen betrunken sind.
Die Sauna schloß die Reihe der Hofgebäude ab, es war ein Häuschen aus leichten Balken, so neu, daß die Treppe noch fehlte. Der untere Rand der Kammertür befand sich in einem Meter Höhe. Ohne mich zu strecken, kam ich an den Türgriff. Ich kletterte hinein. Einfaches Bett, Tisch, ein klei-

ner Heizkörper aus Blech. Ich hielt die Hand dagegen, er war kalt.
»Wir nennen das die Vögelbude«, sagte Myrsky hinter mir an der Tür. Die Umrisse von Maria und Veera zeichneten sich im Dunkel des Hofgeländes ab.
»Ich hab mir gedacht, die ist für dich und Veera«, fuhr Myrsky lauthals fort.
»Nicht rot werden, Jussi«, rief mein Onkel von weitem.
»Jussi ist gar nicht rot geworden«, sagte Myrsky. »Bei Jussi vibrieren die Nüstern. Wie bei einem Wolf, der Witterung aufnimmt.«
»Unser Jussi sieht zwar aus wie ein Maskottchen«, erklärte mein Onkel weiter hinten, »aber das täuscht. Hier habt ihr eine Schlange an eurem Busen. Das habe ich mehr als einmal gesehen. In dir stecken viele Männer, Jussi! Der sensible und schüchterne, aber auch derjenige, der sein Spiel mit Killermiene durchzieht!«
Ich lachte und blickte nach draußen, denn ich wollte sehen, was Veera darüber dachte. Sie rauchte eine Zigarette und hielt dabei eine Bierflasche in der Hand. Wieder dachte ich an ihre Brüste und wünschte mir allmählich tatsächlich, sie über Nacht in die Saunakammer zu bekommen, und diese Gedanken ließen mich ernst werden.
Ich neige dazu, stets zu weit zu denken. Wenn mich die Bedienung in einem Café auch nur anlächelt, überlege ich mir sofort, wohin mich diese neue Beziehung führen und welche Veränderungen in meinem Leben sie mit sich bringen wird. Je weiter ich etwas denke, um so ernster werde ich, und am Ende bekomme ich den Mund nicht mehr auf, selbst wenn sich die reale Gelegenheit dazu bietet.
Mein Onkel erschien an der Tür, um mich anzuspornen.
»Du hast doch sicher ein weißes Hemd dabei?«

Maria und Veera sangen auf dem Hof und machten einige Tanzschritte. Ich versprach, mir noch einmal zu überlegen, ob ich mitkomme, und schloß die Tür.

Ich blieb lange in der Saunakammer und zog mich sorgfältig um. Als letztes zog ich den Angeloverall und die mit Filz gefütterten Gummistiefel an. In dieser Montur setzte ich mich auf den Bettrand. Ich hatte das Gefühl, bereit zu sein. Man soll sich immer ordentlich anziehen, auch wenn man nur kurz rausgeht. Das tröstet. Man fühlt sich vorbereitet, man hat sein Bestes getan, die Tatsachen akzeptiert und stellt sich nun ihren Herausforderungen. Wenn man sich warm anzieht, kommt es einem vor, als könnte man alles gut und richtig machen, und wenn man auch in Zukunft diesen richtigen Weg wählte, würde sich alles von selbst ergeben.

Ich öffnete die Tür der Saunakammer und sprang hinaus. Die anderen waren mittlerweile ins Haus gegangen. Die Wolkenfetzen sahen wie Nebelflecken aus.

»Da hat sich einer in Vollgummischale geworfen«, sagte Myrsky, als ich die Wohnküche betrat. Er selbst trug Jeans und Pullover, mein Onkel inzwischen einen schwarzen Anzug und darüber eine Regenjacke, beide hatten außerdem eine Schwimmweste lässig um den Hals hängen. Gummistiefel trug keiner, bei den Männern glänzten die Tanzschuhe, bei Veera und Maria dünne Turnschuhe. Ich kam mir vor wie ein Babysitter für Betrunkene.

Wir gingen über den Hof zum Ufer hinunter. Die anderen redeten und schwenkten die Taschenlampen, ich ging schweigend hinterher.

Der Weg führte in das Erlenwäldchen und verschmälerte sich zum Pfad. Im Schein der Lampen glänzten die Blaubeerzweige. Der Pfad schlängelte sich, er führte nach oben und dann wieder nach unten. Ich konnte mich genau an die Landschaft erinnern und betrachtete sie mit meinem inneren Auge, aber in der Dunkelheit um mich herum fand ich die vertrauten Stellen nicht. Die Lichtkegel wackelten, Marias weiße Turnschuhe blitzten auf, Baumstämme kamen näher und entfernten sich wieder. Ich stolperte über die Wurzeln und versuchte den anderen auf den Fersen zu bleiben. Vorne schienen mein Onkel und Myrsky darüber zu beratschlagen, welche Route wir nehmen sollten.

Langsam hoffte ich, wir wären bald am Ziel. Weit kam ich mit meiner Hoffnung nicht, also setzte ich den Weg fort, ohne etwas zu denken. Wir gingen so lange, daß es anfing Spaß zu machen, im Dunkeln zu gehen. Plötzlich standen wir auf einem Felsen am Ufer, aber an einer ganz anderen Stelle, als ich gedacht hatte.

Das Boot meines Onkels, ein Buster, war in einer kleinen Felsbucht auf einen Streifen Land gezogen worden. Unter meinen Stiefeln knirschten Steinchen und gerieten ins Rollen. Tote Halme raschelten. Das Meer war schwarz und lautlos, das Wasser hob und senkte sich, als atmete es gegen den glatten Fels. Im Licht der Taschenlampen sah ich das Schilf am Ende der Bucht. Es brauste unberechenbar auf, dann stand es wieder lange schweigend da.

Mein Onkel und Myrsky schoben das Boot ins Wasser. Ich stand daneben und benahm mich übertrieben langsam, alles, was ich sagte, sagte ich kurz. Auf diese Weise versuchte ich die anderen ruhig zu halten und ihre Gedanken nicht durcheinanderzubringen.

Als Maria und Veera ins Boot kletterten, konnte ich nicht mehr an mich halten, ich gab ihnen Ratschläge und fragte meinen Onkel, ob das Boot uns auch alle trage, ob er im Dunkeln die Richtung finde und den Untiefen ausweichen könne

und ob er auch bestimmt langsam fahren würde. Abschließend erklärte ich, wir würden alle ertrinken.
Mein Onkel reichte mir seine Lampe.
»Setz dich in den Bug und halt die vor dich.«
Mein Onkel und Veera setzten sich auf die hintere Ducht. Myrsky und Maria blieben auf der Seitenbank, ich setzte mich mit der Lampe in der Hand nach vorne.
»Wenn man einem Mann ein Werkzeug in die Hand drückt, beruhigt er sich sofort«, sagte mein Onkel, gerade so, als wäre ich gar nicht in der Nähe. »Dann hat er was, woran er sich festhalten kann.«
»Steck dir die Signalpfeife in den Mund, Jussi, und saug dir die Lunge mit Luft voll«, sagte Myrsky.
Der Motor sprang an. Mein Onkel fuhr mit leichtem Gas los. Das Ufer verschwand. Die Inseln und Landspitzen hatte ich gut im Gedächtnis, aber als ich in die Dunkelheit blickte, verlor ich sofort meinen Sinn für die Orientierung. Als Fixpunkt wählte ich den Mobilfunkmast am Horizont. Wo der Mast stand, wußte ich nicht.
An den Ufern waren kaum Lichter zu sehen, und wenn, dann in weiter Ferne. Sie verschwanden und kamen unvermutet wieder zum Vorschein. Sie sahen nicht wie die Lichter von Häusern aus, sondern eher wie verglimmende Feuer, an denen sich die dortige Bevölkerung wärmte. Die Welt schrumpfte auf die Größe des Bootes zusammen, sogar das Rauschen des Fahrtwindes kam aus dem Boot. Alles, was sich im Boot befand, war nah, die anderen, die dort saßen, die Lampe, die ich hielt, die Stiefel an meinen Füßen, die sich sogar im Dunkeln vom Aluminiumboden abhoben.
Das Geräusch des Motors erfüllte die Welt. Ich legte die Handfläche auf die Metallflanke des Busters und spürte das Vibrieren des Motors in den Fingerspitzen. Es entstand das

Gefühl, daß ich mich auf dieses Vibrieren verlassen konnte, daß in unmittelbarer Nähe eine große Kraft existierte, die auf uns aufpaßte.

Myrskys Kommentare gingen im Motorengeräusch unter. Ab und zu meinte ich, auch ein anderes Geräusch zu hören, das tiefe Brummen eines großen Bootes in zehn Meter Entfernung. Ich ging auf die Knie und leuchtete mit der Lampe in die Finsternis, in die Richtung, in der ich mir das Muskelboot vorstellte, das uns gleich überfahren würde. Ich schwenkte die Lampe in einem weiten Bogen und überlegte mir, auf welche Seite ich springen sollte. Als nichts geschah, setzte ich mich wieder hin und bewegte die Lampe von einer Seite zur anderen, wobei ich die Bewegungen als Strecken der Arme und Wechsel meiner Sitzposition tarnte. Bald hörte ich auch damit auf, hielt die Lampe gerade und dachte, leck mich, dann gehen wir halt alle drauf. Meine Hände wurden allmählich kalt.

Der Himmel über dem Boot war weit weg. Er war schwarz, hatte aber viele Sterne. Auch dort, wo keine waren, gab es weiß Gott wie viele, wenn man ihnen nur Zeit gab, zum Vorschein zu kommen. Die Sterne hier waren am Himmel nicht allein, so wie jene, die ich daheim von unserem Garten aus sah, sie versammelten sich hier, einer neben dem anderen. Manche leuchteten so hell, daß es einem vorkam, als würde einen jemand vom Himmel her mit der Taschenlampe anleuchten. Wenn man einen solchen Stern betrachtete, konnte man sich leicht vorstellen, daß er eine Sonne für sich war und daß ihn Planeten umkreisten. Wenn ich mir aber versuchte einen Planeten vorzustellen und die Lebewesen, die darauf wohnten, sah ich lediglich ein einziges Einfamilienhaus vor mir.

Ich rechnete damit, daß mir schwindlig würde, aber nichts

dergleichen geschah. Das Weltall hatte absolut begreifliche Ausmaße für mich. Erst als mir wieder die These einfiel, das Licht der Sterne lege seinen Weg Tausende von Jahren zurück, und das Licht einiger Sterne habe es unter Umständen noch gar nicht bis hierher geschafft, beschlich mich das Gefühl, der Schwindel könnte sich vielleicht doch noch einstellen. Ich fragte mich, wie etwas, dessen Licht noch nicht einmal bis hierher gekommen war, es selbst so weit weg geschafft hatte, und mir wurde kalt. Ich schlang die Arme um mich und kauerte mich auf der schmalen Ducht im Bug ganz klein zusammen.

Wir fuhren um die Spitze einer Insel herum. Jenseits des Sundes sah ich die Lichter eines Strandlokals. Auch die anderen wurden darauf aufmerksam und fingen an, über den Motorlärm hinweg zu rufen und zu zeigen, in welche Richtung wir fahren sollten. Mein Onkel rief Veera auf der Rückbank etwas ins Ohr, rutschte dann zur Seite und überließ Veera das Steuer. Im Licht der schwachen Bootslampe erkannte ich, wie ihre Augen leuchteten. Sie blickte durch den Windschutz aus Plastik auf die Welt wie ein Kind, das in Erwartung des Weihnachtsmannes die Nase an die Fensterscheibe drückt.

6 Ich nahm den Pfosten mit der Hand in Empfang und sprang auf den Steg. Die Welt war mit Gerüchen und Geräuschen präsent. Oben am Hang leuchteten die Lichter des Strandlokals, der Rhythmus eines Schlagers drang heraus.

Myrsky ließ die Rettungsweste um den Hals hängen, die anderen warfen sie ins Boot. Wir stiegen den Hang hinauf und gingen um das Gebäude herum zum Haupteingang.

Der gehörte wieder zu dieser Welt, auf dem beleuchteten Parkplatz standen Autos.
Eine Eingangshalle gab es nicht, man betrat direkt das Lokal, wo die Menschen zwischen den Tischen umhergingen und im warmen Licht der Tanzfläche aneinander vorbeiglitten. Über den Köpfen der tanzenden Paare sah ich das Orchester. Der Solist hielt gerade über die letzten Takte hinweg mit geschlossenen Augen den Ton, und der Schlagzeuger fing ein neues, ähnliches Stück an, unmotiviert traurig und monoton.
Die Männer blieben am Tresen. Eine Weile stand ich in ihrem Rücken herum, aber besonders lange hielt ich es nicht aus. Ich entdeckte hinten im Saal einen freien Tisch, ging in meinem Angeloverall dort hin und setzte mich.
Von meinem Platz aus überblickte ich den ganzen Saal, das Mobiliar, den dunklen Teppichboden und die Kaugummis, die am Teppichboden hafteten, die schwarzgestrichenen Belüftungsrohre an der Decke und die Bündel von Stromkabeln. Es kam mir vor, als wäre das Lokal aufgegeben worden. Die Menschen wußten es noch nicht, sie tanzten. Ich erinnerte mich, daß mein Onkel und Myrsky als junge Männer hierhergekommen waren und daß ich mir das Etablissement groß und ausgelassen vorgestellt hatte, und jetzt saß ich in einer Ecke des Saals und sah das alles. Solche Lokale gab es überall im Land, und in allen war es an diesem Abend gleich: die gleichen Menschen, die gleichen Gesichter, der gleiche Planet der Affen. Ich mußte an etwas anderes denken, mir in Erinnerung rufen, daß es schwerer war, dazusein und etwas zu tun, als es von außen zu kritisieren. Als mir das einfiel, kam das Denken wieder in Gang.
Mit der orangen Rettungsweste um den Hals lehnte sich Myrsky auf der Tanzfläche gegen Veera. Ich wußte nicht, ob

gerade Herren- oder Damenwahl war, aber ich hatte Angst, jemand würde mich auffordern. Im hinteren Teil des Saals gingen die Fenster zum Meer hin. Das einsame Licht des Stegs leuchtete in der Dunkelheit. Ich wollte weg, ich wollte es mittlerweile so sehr, daß ich die Finger an die Schläfen drückte und die Augen zukniff. In dieser Haltung blieb ich lange sitzen. Ich konzentrierte mich, versuchte zu denken, daß es egal war, wo ich saß, daß diese Nacht nicht mehr finsterer werden konnte.

7 Mein Onkel nötigte mir ein Getränk auf und drängte mich zum Tanzen. Ich schaute ihm in die Augen und erwartete, daß er mich auch ohne ein Wort verstand. Ich mußte ihn lange anschauen. Schließlich sagte ich, ich hätte keinen Durst und wies auf meine Gummistiefel und auf meinen Angeloverall und auf den Wollpullover unter dem Overall.
»Alles Ausreden«, sagte mein Onkel. Er verstand nicht, warum ich mir das Leben schwermachen mußte, warum ich nicht feierte, wenn es Zeit zum Feiern war. Hatte ich, ein Mann von bald dreißig Jahren, noch immer nicht die Grundregel des Lebens gelernt, daß man arbeitete, wenn man arbeitete, und feierte, wenn man feierte; komplizierter wäre das Glück eines Mannes nicht.
Ich fragte ihn, ob er, ein Mann von bald vierzig Jahren, jemals von einer Charaktereigenschaft wie Schüchternheit gehört habe und ob ihm aufgefallen sei, daß ich eventuell unter einer solchen Eigenschaft litte.
»O-o-o-o-o-o-o-o«, rief mein Onkel aus. Seiner Meinung nach war meine Schüchternheit Theater, nichts als ein Spiel. Er bat mich, daran zurückzudenken, wie wir im Sommer im

Sportpark von Turku auf der Stadionbahn gerannt waren, und speziell solle ich an den Gesichtsausdruck denken, den ich an der Startlinie aufgesetzt hatte.
»Von wegen schüchtern und still! Das war der Blick des Killers, weil du wußtest, du gewinnst!«
»Schon. Aber hier gewinne ich nicht«, sagte ich. »Und dementsprechend fällt der Gesichtsausdruck aus.«
Mein Onkel hörte nicht hin, er fing an, mich als Kapitulant zu beschimpfen. Er habe schon immer gesehen, daß ich ein Kapitulant sei, er habe das bedauert, es aber auf das Konto der Jugend geschoben. Jetzt aber werde er es nicht mehr bedauernd mit ansehen, jetzt übernähme er seine Verantwortung als Onkel und älterer Verwandter und Kenner der Materie und würde dieser kranken Weichlichkeit den Garaus machen.
»Was unternimmst du, wenn dir der Kopf weh tut?« fragte er verschlagen.
»Ich nehme eine Schmerztablette«, gab ich zu.
»Eben«, rief mein Onkel und nickte triumphierend: Genau das dürfe ich nicht tun. Auf diese Weise würden die Schmerzen nie weggehen. Ich müsse den Schmerz begrüßen, ihn kennenlernen. Und genauso müsse ich auch all meine anderen Zustände kennenlernen, die Schüchternheit und die Scham. Ich müsse sie willkommen heißen und gut behandeln. Nur so könne ich mich mit ihnen versöhnen.
»Kennengelernt habe ich sie gut genug«, seufzte ich.
Das glaubte mein Onkel ganz und gar nicht. Er befahl mir, sie noch besser kennenzulernen. Für ihn war Scham etwas Großartiges, man dürfe sie nicht für eine Last halten, die es gälte loszuwerden. Sie sei eine Freundin, die man genießen solle, und wenn ich sie lange genug genossen habe, wäre es an der Zeit, mich von ihr zu verabschieden. Erst wenn ich

meine Scham wertschätzen könne, erst wenn ich begriffe, daß es sich dabei nicht um Kitsch handle, könne ich mich selbst achten und feststellen, daß auch ich eine Ehre im Leib habe.

»Du zerbrichst dir die ganze Zeit den Kopf darüber, was du sein sollst«, sagte mein Onkel. »Aber was sollst du denn sein? Du sollst gar nichts sein.«

»Oho«, sagte ich.

Mein Onkel sah mich traurig an. »Du bist auch so einer, der glaubt, ich würde von diesen Dingen nichts verstehen.«

Er behauptete, er verstehe erst jetzt, was für ein falsches Bild ich von ihm hätte. Ich hielte ihn tatsächlich für einen gefühllosen Menschen. Ich glaubte, er wäre eine Forstmaschine, die eine Frau nach der anderen an den Fußgelenken packt und in Stücke zerlegt. Dabei sei er im tiefsten Inneren schüchtern.

»Du?«

Mein Onkel nickte ernst. Er versprach, mir etwas zu zeigen. Er sank auf seinem Stuhl in sich zusammen. Er sank und sank, bis sich das Kinn auf der Höhe der Tischkante befand.

»Von hier aus betrachte ich die Welt. Auch mein Kinn ist von hier aus nie in höhere Höhen aufgestiegen. Hier esse ich meinen Hefewecken und höre zu, wie die anderen über Politik reden.«

»Komm jetzt wieder hoch.«

»Aber diesen Zustand lasse ich zu Hause«, fuhr mein Onkel voller Stolz fort und bewegte sich wieder nach oben. »Ich vergesse diesen Kram komplett, ich bin wie der Hecht, der den Qualitätsköder aus dem Maul schüttelt und abdampft. Ich kapituliere nicht. Ich setze mich nicht in die Ecke und grummele vor mich hin. Ich gehe an die Tische und bin wie sonst wer, als hätte ich schon immer mit Menschen an einem Tisch gesessen und mich angenehm unterhalten.«

»Das ist mir aufgefallen.«

»Leicht ist das nicht, das will ich gar nicht behaupten«, sagte mein Onkel. Er hatte sich inzwischen wieder auf den Stuhl gehievt und saß aufrecht da. Er gab zu, daß die Scham eine lautstarke Gefährtin war: Doch, doch, auch in seinem Kopf gäbe es ein großes Hallo, wenn er lässig durch die Menge schlendere und den Frauen zuzwinkere, auch in seinem Kopf brülle ihn die Stimme des Zweifels an, von wegen spiel dich nicht so auf, du Scheißkerl. Erst daheim verstumme diese Stimme, erst wenn die Show vorbei sei und er auf der Couch säße und erschöpft vor sich hin starre. Erst dann werde es ruhig in seinem Kopf, erst dann habe er Zeit, sich über den Kerl zu wundern, der er selbst gerade noch gewesen sei, ihn von außen zu betrachten und insgeheim sauer auf ihn zu sein.

»Aber trotzdem setze ich mich nicht in der hintersten Ecke an einen Tisch und tue so, als würde ich die Spielsachen betrachten«, sagte der Onkel und sah mir direkt in die Augen.

»Ich glaube, ich gehe jetzt.«

»Geh nicht. Laß den Kopf Krach machen und halte das Paket zusammen.«

»So geht das?«

»Genau.«

»Und im Kopf wird Krach gemacht? Bei dir?«

»Genau«, behauptete mein Onkel.

»War das auch so, als du noch jünger warst?« fragte ich ungläubig weiter.

»Und ob, verdammt! Aber ein straffer Gesichtsausdruck und

zwei Hits wie von den Beatles, und keiner merkt was. Der Rest kann bleiben, wie er ist.«

»Und ich dachte immer, du bist tatsächlich so eine Forstmaschine.«

»Kann schon sein, daß ich auch mal solche Momente hatte«, gab mein Onkel zu.

Wir blickten aufs Parkett. Myrsky und Veera schwankten dort in langsamem Takt hin und her. Myrskys Hand lag auf Veeras Hintern.

»Wenn der Kerl nur mal kapieren würde, daß man nicht jede bumsen muß, die an einem vorbeiläuft«, seufzte mein Onkel.

»Das wäre was, wenn er das kapieren würde!« sagte ich.

»Na also, jetzt entspannst du dich ja schon«, sagte mein Onkel und kniff mir durch den Overall und den Wollpullover in den Bizeps.

»Allerdings ist die Veera nicht ganz schuldlos«, sagte er und sah mich verschlagen an. »Die hat mich auf der Herfahrt gleich am Oberschenkel gepackt.«

»Echt?«

Mein Onkel nickte feierlich.

»Ich dachte, jetzt geht der Wettkampf erst richtig los. Und hab mit steifen Schultern im Buster am Steuer gesessen. Ist auch so was Komisches. Wenn eine Frau direkt ist und was von einem will, fragt man sich gleich, was ist jetzt los, hält die mich für einen, der einfach bloß rammeln will, dabei hab ich auch zarte Gefühle. Und wenn sie nicht direkt ist, wird man gleich müde, weil man denkt, was soll das Getue, so kommt man ja nie zum Ficken.«

Ich nickte zu den Worten meines Onkels, schaute dabei aber quer durch den Saal auf Veera und stellte mir vor, wie sie meinen Oberschenkel drückte. Ich stellte mir vor, wie alle

Frauen im ganzen Lokal meinen Oberschenkel drückten und mich für einen hielten, der bloß rammeln will.
»Das hat er wahrscheinlich gemeint«, fiel meinem Onkel ein. Er machte eine Kopfbewegung in Richtung Tanzfläche. »Seit drei Tagen liegt mir Myrsky in den Ohren, er würde die Frauen untereinander zanken lassen, das könnten sie nämlich. Das hat er damit gemeint.«
Ich schaute abwechselnd auf Myrsky und auf Maria, die am Tresen saß, mit dem Rücken zur Tanzfläche.
»Obwohl ich Myrsky verstehen kann«, sagte mein Onkel. »Die beiden hatten einen langen Sommer. Da hat er sich vielleicht gedacht, ich nehm den Ball unter den Arm und renne damit ins eigene Tor. Und dann schauen wir mal, wie sich das Spiel weiter entwickelt.«
»Oder er denkt sich gar nichts«, sagte ich.
»Sondern sieht bloß die großen Titten«, stimmte mein Onkel zu.

8

Ich saß auf der Ducht im Bug, die Lampe steckte schwer in einer Tasche meines Overalls. Der Himmel war derselbe wie auf der Herfahrt. Man war innerhalb des Universums, aber allein und in sich selbst verkrochen. Wie im Winter, wenn man übers Eis geht, oder in der Großstadt, wenn man im Gedränge einer U-Bahn-Station steht und dem Kreischen der Schienen zuhört und die Gesichter auf den Rolltreppen anschaut und ins Hotel kommt und im Lift die Etagen hinauffährt und die Tür aufschließt und in der Stille des Zimmers in den Spiegel starrt. Es war windstill, der Motor machte ein gleichmäßiges Geräusch.
Wieder zurück, wollten die Männer in die Sauna, sie holten

Holz aus dem Schuppen und trugen es auf dem Arm in das Saunahäuschen. Ich rief ihnen hinterher und verbot es ihnen, ich sagte, um diese Zeit in der Nacht ginge man nicht in die Sauna.
»Warum nicht?« fragten sie.
Ich folgte den Frauen ins Haus. In der Stille der Wohnküche wurde ich sofort wieder schüchtern, gegenüber Veera wegen meiner hoffnungsvollen Gedanken und gegenüber Maria wegen ihrer Heiterkeit und leichten Bereitschaft zum Lachen, die mich zu einem gekünstelten Lächeln zwang, jenem Lächeln, das ich den ganzen Abend schon vor ihnen aufsetzte. Ich hätte ihr gern etwas Beflügelndes gesagt, wagte es aber nicht, sondern saß nur still da und dachte an die vielen Fehler, die in den komplizierten Beziehungen zwischen Menschen gemacht werden können und die mir aus Leitfäden der Lebenskunst und Frauenzeitschriften in Erinnerung geblieben waren.
Momentweise gelang es mir, Maria als Frau zu betrachten. Dadurch fühlte ich mich besser. Ich betrachtete ihre Formen und fragte mich, ob ich, irgendwie, mit ihr, bis mir wieder ihre sommerlichen Klinikaufenthalte einfielen, und ich mich aufrichtete und ihr aufmunternd zulächelte, gerade so, als stünden wir vor einem großen Lebensverständnis und einem ebenso großen Aufblühen.
Als ich schließlich redete, sprach ich von meinen eigenen Sorgen, davon, wie schwach ich war, was ich für schlechte Nerven hatte und wie schwierig ich die Rolle des Familienvaters fand. Ich hatte das Gefühl, Maria nicht belasten zu dürfen, sie schützen zu müssen, aber je mehr ich sie schützte, um so heftiger beklagte ich mich. Es war leicht, mit ihr zu reden, denn sie hörte zu. Sie ergriff meine Hand und tätschelte den Handrücken und sagte, ich sei ein guter Vater, da sei sie ganz

sicher. Ich preßte mir ein Lächeln ins Gesicht. Still dachte ich bei mir daran, wie oft ich Aleksi angeschrien hatte, und ich erinnerte mich, mit welchem Gesichtsausdruck Aleksi sich mein Schreien angehört hatte. Immer wenn ich sein Gesicht sah, wollte ich alles wiedergutmachen, aber von Mal zu Mal kam mir das Wiedergutmachen schwerer vor. Daran dachte ich, und dabei lächelte ich Maria an, die meine Hand tätschelte.

Veera holte eine Flasche Weißwein und drei Gläser. Ich probierte den Wein und lobte seinen Geschmack. Die Frauen fingen an, mich einhellig zu loben, nicht nur, daß ich ein guter Vater sei, ich wisse auch ihre Weine zu schätzen und sie maßvoll zu trinken. Veera ging dazu über, von den Männern zu reden, die sie im Laufe dieses Sommers und Herbstes gehabt hatte, und von deren Trinkgewohnheiten und Ängsten. Ich wußte nicht, von wem jeweils die Rede war, aber in ganz Finnland schienen Männer zu leben, deren Leben schwer aus dem Lot war. Große Teile von Veeras Berichterstattung gingen an mir vorbei, weil ich meine eigenen unpassenden Mienen kontrollieren mußte, die unnötig zufrieden ausfielen. Je ernster die Dinge sind, über die Menschen mit mir reden, um so weniger höre ich ihnen zu und um so mehr denke ich an meinen eigenen Gesichtsausdruck.

Auch Maria wollte jetzt von ihren Freunden erzählen und von den Problemen, die all diese Freunde hatten. Sie sprach von Krankheiten und von den dafür vorgesehenen Medikamenten mit Namen, die Veera gut zu kennen schien. Wenn sie zwischendurch einen Blick auf mich warfen, nickte ich, als würde auch ich diese Namen kennen, als würden sie unmittelbar zu dem Leben gehören, das ich mit meiner Frau und dem Jungen führte. Besonders oft warfen die Frauen keinen Blick auf mich. Sie tranken Wein und redeten, sie hat-

ten jetzt eine gemeinsame Welt gefunden. Das erleichterte mich. Meine teilnahmsvolle Miene mochte ich jetzt nicht mehr beibehalten, weil ich einfach nichts empfand.
Aus dem Schutz meiner Schweigsamkeit beäugte ich die Frauen, und mir kam in den Sinn, wie ich mich als Kind von den Männern davongestohlen hatte und hier in die Küche geschlüpft war, um den Frauen zuzuhören, die über alltägliche und wahre Dinge redeten. Ich merkte allerdings auch, wie unmöglich es war, mir die Worte dieses Abends im Mund meiner Tanten und meiner Mutter vorzustellen, gemeinsame Erfahrungen, die allein in den Namen von Psychopharmaka zu bestehen schienen.
Da saßen sie nun, zwei schöne junge Frauen, betrunken, seufzend, die alles verloren hatten. Mir erschien das als eine solch große Vergeudung, daß ich wieder dazu überging, die Brüste zu betrachten, die sich unter ihren Pullovern wölbten, und zu planen, was alles in dieser Nacht noch passieren könnte, und an Myrskys Worte vor der Saunakammer zurückdachte und daran, wer dort die Nacht verbringen würde. Ich verzieh mir diese Gedanken, ich glaubte nicht, daß meine Gelüste den Frauen weiteren, größeren Kummer bereiten würden.
»Hat das Tanzen Spaß gemacht?« fragte Maria ohne Vorwarnung.
»Äh, was?« sagte Veera.
»Bist du in Mikko verknallt?«
»Wieso?«
Ich rückte mit dem Stuhl ein Stück zurück, nahm mein Glas und betrachtete es aus der Nähe.
»Ihr habt ziemlich lange getanzt«, fuhr Maria fort. »Sag doch einfach, ob du Mikko magst.«
Veera lachte.

»Klar, mag ich ihn. Aber nicht *so*.«
»Wie *so*?«
»Na, überhaupt nicht *so*.«
Maria versicherte, sie hätte überhaupt nichts dagegen, wenn Veera in Mikko verknallt wäre. Sie würde das gut verstehen, alle wären in Mikko verknallt. Aber Veera solle wissen, daß sich Myrsky gerade in einer schwierigen Lebensphase befinde und daß er Ruhe brauche und keine Probleme.
»Ich bin kein Problem«, sagte Veera.
»Inwiefern schwierige Lebensphase?« fragte ich.
»Das solltest du besser wissen«, fuhr Maria fort und fixierte Veera.
»Also inwiefern schwierige Lebensphase?« wiederholte ich.
Maria sah mich mit der selbstsicheren Miene der Betrunkenen an, es wirkte so privat, daß überhaupt nicht einzuschätzen war, was sie im Sinn hatte. Sie beugte sich nach vorn und starrte mich an wie ein Mensch, der die Absicht hegt, seinen Zuhörer in den engsten Vertrautenkreis hineinzuziehen.
»Er wollte mich erschießen.«
Ich sagte nichts, kontrollierte meine Miene und wartete, daß Maria weiterredete. Sie redete weiter, sie erzählte, wie sie die ganze Nacht gestritten hatten, wie Myrsky auf dem Stuhl gesessen und sie angeschrien hatte und wie sie auf dem Bett gelegen und zurückgeschrien hatte. Das war nichts Besonders gewesen, an so etwas war sie gewöhnt, aber nach Mitternacht war Myrsky aufgesprungen und in den Flur hinausgegangen, und als er zurückgekommen war, hatte er ihr eine Pistole auf die Wange gedrückt.
»Er hat ja seine Jagdgewehre da im Flur im Schrank stehen. Aber von der Pistole hatte ich nichts gewußt.«
»Schrecklich«, sagte Veera.

Maria sah Veera und mich an und sagte, es habe sich überhaupt nicht schrecklich angefühlt. Obwohl sie begriffen hatte, daß eine Pistole auf sie gerichtet war, hatte sie das Gefühl gehabt, als wäre es nichts Ernstes. Sie stritt sich, und wenn sie sich streite, sei nichts ernst. Aber Myrskys Stimme habe ihr angst gemacht. Leise und tief sei sie gewesen. Mit dieser leisen Stimme habe er ihr ins Ohr gesagt, er habe schon so viele Tiere getötet, daß ihm das Töten nichts mehr ausmache, er sei abgestumpft, seit er fünfzehn sei, töte er sogar seine eigenen Jagdhunde, und das mache ihm gar nichts mehr aus, im einen Moment sei der Hund lebendig und im anderen Moment tot. Und so wie er seine eigenen Hunde erschossen habe, so sei er jetzt auch bereit, einen Menschen zu erschießen.

Maria sagte, sie habe sich diese Worte ruhig angehört, unwirklich ruhig. Ruhig habe sie Myrsky in die Augen geschaut und ruhig habe sie geantwortet: Dann nur zu.

»Dann nur zu«, sagte Maria noch einmal. Sie fing an zu lachen, aber im selben Moment verzog sich das Lachen zum Weinen, und sie legte die Stirn auf die Wachstischdecke und schnappte nach Luft. Veera legte ihr die Hand auf den Rükken und nahm sie in den Arm. In der Haltung schaukelten sie hin und her und zuckten. Jetzt fiel mir wieder auf, wie betrunken sie waren.

»Was hat Myrsky darauf gesagt?« wollte ich wissen.

Maria hob den Kopf und wischte sich die Tränen ab. Mit weinerlicher Stimme erzählte sie, Myrsky habe darauf nichts gesagt. Myrsky habe keine Miene verzogen, er habe sie angeschaut, und sie habe ihn angeschaut. Mit einer schnellen Bewegung habe er sich die Pistole an die Schläfe gehalten, sie dort eine Weile gelassen und sie dann in die Luft gerichtet und in die weißgestrichene Decke geschossen.

»Er ist praktisch kein richtiger Mensch mehr, wenn es ihn überkommt«, sagte Maria.
»Abgestumpft vom Töten«, sagte ich.
Maria nahm einen großen Schluck Wein und nickte mit dem Kopf. Sie sagte, sie habe auch über Myrskys Worte nachgedacht und ihn später gefragt, was das bedeuten soll, das mit dem abgestumpft Sein, ob das die höchste spirituelle Ebene des Jägers darstelle. Myrsky habe sich die Antwort lange überlegt und dann erklärt, er sei des Tötens überdrüssig, und unter diesem Überdruß sei ein neues Gefühl zum Vorschein gekommen, eine gewaltige Zärtlichkeit gegenüber jeder Kreatur und ein tiefes Verständnis dafür, daß alles, was lebe, seinen eigenen, unermeßlichen Wert habe, den ihm der Mensch nicht entreißen dürfe. Und insofern könne man durchaus sagen, daß er zu der höchsten Ebene aufgestiegen sei, die jeder Jäger früher oder später erklimme.
»Gewaltige Zärtlichkeit«, wiederholte ich. »Er benutzt auch ziemlich außergewöhnliche Formulierungen.«
Maria schien beleidigt zu sein. Aufgeregt erklärte sie, der Mensch sei ein widersprüchliches Wesen, das sich irren könne, das durchaus das eine sagen und das andere tun könne, das nach dem Guten streben aber in seinem Streben zu Fall kommen könne, das sich Mühe geben und scheitern könne. Auch Veera fing an, mich lautstark zu rügen und zu fragen, ob ich nicht verstünde, daß ein Mensch, der eine Lebensphase hinter sich lasse und in eine neue eintrete, Unterstützung und Verständnis brauche, und keinen billigen Spott, wie ich ihn pflege.

9 Mein Onkel wollte ringen. Er stand auf dem Hof, ein Handtuch um die Hüfte geschlungen. Die Saunatür stand offen, ich hörte, wie Myrsky einen Aufguß machte. Der Ofen antwortete mit erstickter Stimme.
Mein Onkel packte mich an beiden Schultern und fing an zu drücken. Ich rührte mich nicht vom Fleck und drückte zurück. In dieser Haltung lehnten wir aneinander, den Kopf gebeugt, die Arme ausgestreckt. Es gelang mir nicht, meinen Onkel in Bewegung zu versetzen, aber ich selbst wich auch nicht zurück, und schon beschlich mich der Verdacht, er mache womöglich gar nicht ernst. Er ächzte und keuchte an meiner Schulter.
Ich machte einen Schritt zurück, um ihn mit einem Ruck zu Boden zu bringen, er stürzte auch an mir vorbei, bekam aber meine Hüften zu fassen und schaffte es, in meinen Rücken zu gelangen. Ich ließ mich auf die Knie fallen und rief laut, ich würde mich ergeben.
»Das sind die Männer aus der Stadt mit ihren blonden Brusthärchen«, keuchte mein Onkel. »Ergeben sich sofort, wenn sie ins Hintertreffen geraten. Man darf nicht aufgeben, wenn der andere einen Griff ansetzt. Dann muß man es machen wie der Mann aus Aserbeidschan, der gesagt hat, jetzt geht's erst richtig los.«
Ich stimmte ihm zu und stand auf. Ich wollte es noch einmal versuchen. Aus der Sauna hörte man Veeras Stimme, sie war irgendwann unbemerkt hineingeschlüpft. Myrsky antwortete ihr etwas, ich hörte nicht, was sie redeten, aber mein Onkel kletterte nun ebenfalls wieder in die Sauna.
Ich stand lange im Hof und fragte mich, was ich tun sollte. Auf Sauna hatte ich keine Lust. Ich ging in die Saunakammer und zog mich aus. Dann setzte ich mich aufs Bett und wartete darauf, daß ich nach der Kälte draußen und dem Rin-

gen wieder größer wurde. Kurz darauf mußte ich warten, bis ich wieder kleiner war.
»Aha, du hast auch einen Halbständer«, sagte Myrsky, als ich in die Sauna kam.
Ich setzte mich auf die untere Pritsche und fing an zu reden, über das Beheizen der Sauna, über verschiedene Holzarten, über die guten und schlechten Saunas, die ich im Laufe meines Lebens besucht hatte. Veera saß oben zwischen den Männern. Beim Hereinkommen hatte ich mich nicht getraut, hinzuschauen, aber trotzdem hatte ich ihre Brüste registriert und ihren Gesichtsausdruck, den siegessicheren. Ich verstummte ebenso überraschend, wie ich in mein Gerede ausgebrochen war, und saß zu Füßen der anderen bei fünfzig Grad in einer feuchten Hütte.
»Hat einen Bauch gekriegt«, sagte Myrsky. Ich erschrak, schon wieder ich, und blickte nach oben. Alle sahen mich an. Ich ergriff die Kelle und goß Wasser auf den Ofen, unmittelbar neben dem Rohr brachte ich noch ein Zischen zustande.
Veera und Maria kletterten herunter. Veera blieb vor mir stehen, wusch und schrubbte sich, unter den Brüsten und weiter unten, mit beiden Händen. Myrsky goß ihr mit der Kelle Wasser über. Als sie gingen, kam ein ganzer Schwall kalte Luft durch die Tür. Ich setzte mich auf die obere Pritsche.
»Puh«, sagte mein Onkel.
»Genau.«
Lange saßen wir still nebeneinander. Dann fing mein Onkel an, von der Reise nach Portugal zu erzählen, die er im August unternommen hatte, und von den Frauen, die er auf der Reise gesehen hatte, von den Körpern dieser Frauen und den Farben ihrer Röcke. Die Frauen hatten am Ufer Stoffe gewaschen, und er hatte sie betrachtet, wie er als Junge die Mädchen betrachtet hatte, in einem Alter, in dem man sich noch

längst nicht alles vorstellen konnte, in dem man schon aus der Fassung geriet, wenn man mal in die Nähe kam und den Duft von Mädchenschweiß und Rexona in der Nase hatte. Einen ganzen Nachmittag lang war er am Strand umhergelaufen, die Farben der Röcke der portugiesischen Frauen vor Augen, in der Seele und im Herzen, dann war ihm die Lust in die Eier abgerutscht. Mein Onkel erinnerte daran, daß ein ganzer Nachmittag eine lange Zeit sei, um im Banne der Schönheit zu leben, normalerweise verflöge der Zauber schneller: Wenn man an einem Sommermorgen aus dem Haus trete und die Vögel sängen und die Welt sei grün, halte das Wohlgefühl nicht länger als zehn Sekunden an. In dem Zeitraum könne der Mann existieren, ohne etwas zu wollen. Dann käme ihm schon wieder in den Sinn, wo sind die Zigaretten und wo ist die nächste Möse zu haben, das wäre jetzt die Krönung.

»Obwohl das gar nicht die Krönung ist«, sagte mein Onkel. »So ist die Schönheit nicht. Die Schönheit ist das, was noch nicht in die Eier gegangen ist. Sobald es in die Eier geht, ist es nichts mehr, dann bist du vollkommen allein. Und danach bist du erst recht allein, du gibst dir Mühe, noch ein bißchen zu streicheln, aber mit der anderen Hand blätterst du schon im Fahrplan und ziehst dir die Schuhe an.«

Mein Onkel dachte nun daran zurück, wie er als Kind die Schönheit betrachtet hatte, als er die Lust noch nicht kannte und noch nicht wußte, was gut und was böse bedeutete. Damals hatte ihn die Schönheit umgeben, sie war in den Teppichflicken zu sehen gewesen und in den Luken des Holzherdes, überall.

»Aber wo sind die Teppichflicken jetzt, wo sind Gemälde der Kindheit? Nirgendwo. Ich habe versucht, sie zu finden, ich habe überall nach einer Uhr gesucht, die an der Wand in der Wohnküche tickt. Aber solche Uhren gibt es nicht mehr. Sie verschwinden, sie gleiten einem aus den Händen wie ein geträumter Traum, und am Ende hast du nur noch die leeren Wände übrig, für die du selbst das Leben schaffen mußt.«

Mein Onkel schöpfte Wasser aus dem Eimer und wusch sich damit das Gesicht ab. Er sagte, die Schönheit sei in seinem Leben zu einem sehr seltenen Gast geworden, so selten, daß er tagelang durch den schwarzen Schlick des Alltags gehen müsse, bevor sie vor seinen Augen aufblitze. Und auch dann bekomme er sie nicht aufs Bild, niemals – seit zwanzig Jahren fotografiere er, und kein einziges gutes Bild. Das Licht fehle, das Licht, das er im Herzen trage, das bekomme er nicht heraus. An dem Tag, an dem ihm das gelänge, würde er mit der Arbeit aufhören und sich in Unterhosen in den Garten setzen und Geranien züchten.

»Also nie.«

Mein Onkel fragte sich, wie ihm nur die Rolle dessen zufallen konnte, der immer nur von außen zuschaute, wieso ausgerechnet er das Leben anderer leben, es interpretieren, Bilder davon machen mußte. Warum war es dazu gekommen, warum mußte er für andere begreifen, was das Leben ist? Warum durfte er nicht sein eigenes Leben leben?

Ich dachte, daß mein Onkel stets getan hatte, was er wollte, daß er sein Leben lebte und nicht das von anderen, kein Leben voller Ängste und Sorgen und Scham, so wie ich, und das alles sagte ich ihm. Vom ungelebten Leben wußte er doch gar nichts. Im Gegensatz zu mir.

Ich hoffte, mein Onkel würde mir widersprechen, mir beweisen, daß auch mein Leben das richtige, eigene Leben war, aber er sagte nur:

»Du meinst, du spähst von der Umkleidekabine aus in den

Turnsaal, wo die anderen schon juchzen und wo die Turnschuhe quietschen?«
»Ungefähr so.«
Mein Onkel behauptete, mich zu verstehen. Er behauptete, auch er sei ein Mann der Umkleidekabine, ein Amateur des Lebens, auch er habe sich sein Leben lang den Kopf darüber zerbrechen müssen, wie man sich anderen Menschen nähere. Er habe so viel darüber nachgedacht, daß er sich mittlerweile überhaupt nicht mehr den Kopf darüber zerbrach.
Ich dachte schon, daß wir über dasselbe Thema redeten, und mir kam in den Sinn, ich würde womöglich Ratschläge bekommen, mit deren Hilfe ich mich von nun an trauen würde, auf Menschen zuzugehen und den Schritt von der Umkleidekabine in die Turnhalle zu wagen, aber tatsächlich ging mein Onkel dazu über, von seiner Arbeit zu erzählen, davon, wie er völlig davon abgekommen sei, mit den Menschen zu plaudern, wie er ihnen neuerdings nur noch befehle, sich zu setzen, und dann knips, knips, das war's, die Bildkomposition komme bei seiner Erfahrung ganz von selbst.
»Gib den Menschen keine Zeit, die Waffen zu laden«, sagte mein Onkel und drehte sich zu mir um. »Das ist der entscheidende Tip. Sofort abdrücken.«
Ich hatte längst angefangen zu frieren, die kraftlosen Aufgüsse wärmten mich nicht mehr, sondern verursachten nur noch Kälteschauer. Aber jetzt wollte ich auf keinen Fall weggehen.
»Und das funktioniert tatsächlich?«
»Jedenfalls im Studio«, sagte mein Onkel. »Da sind erwachsene Menschen wie Kinder. Auf dem Foto sehen sie total hilflos aus. Was allerdings auch die Wahrheit über ihre Seele ausdrücken kann.«
Mein Onkel erinnerte sich, wie er als junger Mann auf dem Marktplatz Menschen fotografiert hatte. Bei einem schönen

Rock hatte er eine Ganzkörperaufnahme gemacht, wenn die Hosen zerknittert waren ein Brustbild. Auf die Zeltwand hatte er das Gedicht über den Kunstfotografen Penniwit aus der Spoon-River-Anthologie kopiert, in dem Penniwit versucht, die Seele der Leute einzufangen, die er fotografiert. Da kam eine Frau zu meinem Onkel und belehrte ihn, daß es nicht seine Aufgabe sei, Seelen einzufangen. Das sei Gottes Angelegenheit.

»Was übrigens den Tatsachen entspricht«, sagte mein Onkel.

Und was soll das auch für eine Seele sein, die auf ein Bild paßt, fragte er sich. Ein Bild zeige eine Stimmung, das verstehe er, und ein Bild zeige einen Zustand, und wenn das Bild sehr gut sei, zeige es die Spannung zwischen Stimmung und Zustand. Aber von der Seele könne man kein Bild machen. Die Seele begreife man in der Stille, auf dem Meer könne man sie eventuell begreifen oder im Spätsommer im Wald, wenn man auf trockenem Moos lag und weiße Wolken über den Baumwipfeln dahinzogen, wenn man über sich den schwindelerregenden Himmel hatte und unter sich die Wärme der Erde und dazwischen die große Leere; in solchen Momenten könne man von der Seele unter Umständen etwas begreifen.

Ich war nicht sicher, ob ich ihn verstand, aber ich wußte, daß ich etwas fühlte, und fing an, von den Tagen im März zu erzählen, als ich auf Skiern durch die umliegenden Wälder und auf dem zugefrorenen Meer gelaufen war, zwischen Fichten und auf offener Fläche, ganz allein, aber trotzdem in dem Bewußtsein, daß hier im Haus Menschen waren, zu denen ich gehen konnte.

»Das war dann wahrscheinlich auch so ein Moment, in dem man die Seele begreift«, sagte ich.

»Männer geraten vollkommen aus der Fassung, wenn sie große Titten sehen«, sagte mein Onkel.

10

Ich sah zu, wie mein Onkel und Myrsky die Fischsuppe löffelten. Sie hatte den ganzen Abend auf dem Herd gestanden. Nun wurde sie von den beiden gelobt. Maria lag im dunklen Wohnzimmer auf der Bettcouch. Ich konnte nicht erkennen, ob sie schlief. Veera ging zwischen Kammer und Flur hin und her und frottierte ihre Haare.

Myrskys Art zu essen war schwer anzuschauen, er schlug den Löffel in den Porzellanteller, daß es klimperte, und hob ihn dann mit zitternder Hand in die Höhe und starrte den Löffel an wie eine Beute, die eventuell doch noch entkommen konnte. Zwischendurch machte er längere Pausen. Das Reden schien ihm ebensoviel Mühe zu machen. Trotzdem bekam er Sätze heraus, und die waren klar und ordentlich formuliert, was überraschte, wenn man seine Art zu essen beobachtet hatte.

»Jungs, ich hab das Gefühl, ich hab mich selbst gefunden. Ich hab nicht vor, mein ganzes Leben lang für meinen Schwager Kiesfuhren zu fahren und anderen Lkw-Fahrern guten Tag zu sagen. Ich hab kapiert, daß ich eine Künstlernatur bin.«

»Und wie hast du das so plötzlich kapiert?« fragte ich ihn. Wenn man mit Betrunkenen redet, schleicht sich leicht ein spöttischer Unterton ein. Das muß man dann mit einer konzentrierten Miene wettmachen.

»Beim Maränenfischen in Kuusamo«, antwortete Myrsky. »Als die Netze im Wasser waren. Da hab ich kapiert, daß ich alle Zeit der Welt hab. Ich fang an, Gedichte zu schrei-

ben. Die zeig ich den Frauen und frag sie, ob sie ihnen gefallen. Gedichte, größer als das Leben.«
»Größer als das Leben ist nur der Tod«, sagte mein Onkel.
Die Uhr in der Küche zeigte zwanzig nach zwei. Das elektrische Licht fiel auf jede Wand und wurde von den Fenstern reflektiert und trennte den Raum von der übrigen Welt. Myrsky drehte den Kopf zur Seite, um hinauszuschauen. Er rieb sich die Bartstoppeln und spiegelte sich in der Scheibe.
»Mit zunehmendem Alter sehe ich aus wie Jack Nicholson. Und krieg trotzdem keine Möse. Oder genau deswegen nicht?«
Es kehrte ein Moment der Stille ein. Myrsky schien in seiner nickenden Haltung einzuschlafen. Wenn ich ihn betrachtete, mußte ich tatsächlich an Jack Nicholson denken, an den Moment und den Blick, als McMurphy erbärmlich auf dem Fensterbrett der Irrenanstalt sitzt, den Schlüsselbund in der Tasche, und darauf wartet, daß es soweit ist und sie gehen können.
Ich glaubte schon, Myrsky wäre eingeschlafen, aber er schlug noch einmal die Augen auf und sagte:
»Schwer, schön zu sein.«

II Veera hatte ihre Haare trocken bekommen. Sie nahm die Suppe vom Herd und stellte einen Teller auf den Tisch. Die Männer wurden munter. Myrsky suchte nach der passenden Melodie, und mein Onkel brummte mit: »Sie gehört ihm, doch warum soll ich mich schuldig fühlen? ...«
Ich hatte sie dieses Lied schon früher singen hören und vermochte nicht zu sagen, ob die Ermutigung mehr der Frau oder den beiden Männern galt, wessen Absichten damit ab-

gesegnet werden sollten. Veera sang jetzt immerhin mit, und das wußte ich als sicheres Zeichen zu werten, denn ich hatte genügend Gesangsstunden und Frauen in der Gesellschaft von Myrsky und meinem Onkel erlebt. Nun saß ich wieder dabei, hörte dem Gesang zu und sah Myrskys wäßrige Augen, seinen unkontrollierten Mund, den schäbigen Pullover, und ich dachte, so wie er ist, interessieren sich die Frauen mehr für ihn als für mich, so wie er ist, verheißt er ihnen etwas, das ich ihnen nie versprechen könnte.
Mein Onkel legte sich Veeras Füße auf den Schoß und fing an, die nackten Fußsohlen zu massieren. Myrsky starrte Veera in die Augen. Auch diese Tricks hatte ich oft gesehen und ihn insgeheim beneidet. Ich konnte mir nicht vorstellen, selbst jemandem so in die Augen zu starren, nicht einmal meiner Frau, schon gar nicht meiner Frau. Würde ich es versuchen, würde meine Frau tief aufseufzen und mit dem Lappen den Tisch abwischen. So war das nun einmal, es gab auf der Welt romantische Menschen, die sich gegenseitig in die Augen starrten, und es gab uns andere, die wir gemäßigter liebten, indem wir Hackbraten zubereiteten oder ihn lobten. Wenn man das verstand, konnte man es ertragen. Wenn man bei sich so dachte, konnte man sich guten Mutes an den Tisch setzen oder sich auf die Couch legen und den Rest des Tages Sport gucken.
In der Gesellschaft von Myrsky und meinem Onkel geriet man leicht in die Situation, sein Leben verteidigen zu müssen, die guten Seiten daran zu suchen, etwas, das die Überlegenheit der beiden wettmachte. Oft hatte ich mich gefragt, ob es etwas gab, das ich hatte und was ihnen fehlte. Dabei kam ich immerhin auf ein heiles Zuhause, einen geregelten Alltag und das maßvolle Glück des Familienvaters. Aber je genauer ich diese Anlässe zum Stolz unter die Lupe nahm,

desto weniger trösteten sie mich, und schließlich vermochte ich an mir selbst nur noch die Tatsache wertzuschätzen, daß ich die Größe von Myrsky und meinem Onkel erkannte. Wenigstens das: Ich erkannte und verstand sie. Ich sah ihre Größe auch dann, wenn sie stockbesoffen auf einem Campingplatz im Gras lagen, die Haare naß vom Regen und die Anzüge versaut, auch dann noch sah ich, daß in ihnen die gesamte Weisheit und Heldenhaftigkeit des Campingplatzes wohnte. Nicht alle sahen das, fremde Menschen konnten durchaus vorübergehen, ohne etwas zu begreifen, ohne zu verstehen, daß genau hier jene Männer lagen, wie sie die Rasierwasserreklame zeigen wollte und deren heiseres Brummen die Männerstimme in der Autowerbung anstrebte, daß es sich hier um Männer handelte, die einfach kamen und gingen, die irgendwohin zu Besuch kamen und dort jede Ungerechtigkeit geradebogen, auf die sie stießen, so wie Das Phantom, wenn es sich auf seinen weißen Hero schwang.

Ich verstand das alles. Ich und die Frauen. Ich hatte gesehen, wie Myrsky eine Frau eroberte, ohne ein Wort zu sagen, indem er in der hintersten Ecke eines Lokals saß und sich die Haare verwuschelte. Ich hatte gesehen, wie die Frau sich ihm näherte und ihn an der Hand nahm, und wie Myrsky aufstand, obwohl er so betrunken war, daß er kaum sprechen konnte und auf alle Versuche der Frau, sich zu unterhalten, entgegnen mußte: »Seien wir einfach still.« Ich hatte gesehen, wie die Frau und Myrsky sich zum Abschluß des Abends in die Augen starrten und wie die Frau anfing, romantische Dinge zu denken, und wie Myrsky ihr dann einen Knopf reichte und sie bat, ihn anzunähen, oder ein Teil vom Außenbordmotor und sie bat, den Motor zu reparieren. Ich hatte gesehen, daß den Frauen so etwas ganz besonders gut gefiel.

Ich hatte gesehen, wie mein Onkel mit Frauen redete. Ich

hatte gesehen, wie neben ihm eine Frau auftauchte und wie er anfing zu reden, er redete so lange, bis die Frau sagte, sie sei verliebt. Er hatte dabei oft Erfolg, fast immer, auch dann, wenn die Blonde im roten Kleid nach zehn Bier und drei Stunden Konversation gestand, sie sei in Wahrheit ein Mann und sie liebe meinen Onkel zutiefst. Da schaute mein Onkel seinem Gegenüber in die Augen, sagte, er sei kein Mann vom Fach, und redete weiter. Er redete wie von Mensch zu Mensch. Mein Onkel konnte reden.

Und gegen solche Männer sollte ich in der Welt bestehen. Ich betrachtete meinen Onkel und Myrsky, ihre Mienen und Gesten, und ich fragte mich, ob sie auch dann Helden waren, wenn ich sie nicht sah, wenn die Spülmaschine polterte und die Sportschau zu Ende war. Waren sie Helden an der Kasse im nächsten Laden, auf dem Heimweg, im halbdunklen Flur? Stiegen sie wie ein Lied aus dieser kargen Landschaft auf, wie ein Heldenlied, das auf dem Turm einer ehemaligen Festung mitten im Wald gesummt wurde? Hatte das Schicksal zwei absolut außergewöhnliche Männer vor mich hingeworfen, oder stellte ich sie mir nur als solche vor?

Einer Sache war ich mir jedoch sicher: Mich hielt niemand für einen Helden, nicht mal mein eigener Sohn. Wenn man das verstand, konnte man es ertragen. Wenn man so über sich dachte, konnte man guten Mutes in der Küche sitzen und seinem Sohn Tischmanieren beibringen.

Ich gähnte lange. Dann kontrollierte ich die Herdplatten und sagte, ich ginge jetzt schlafen. Das schien keinen zu interessieren, mein Onkel und Myrsky massierten inzwischen beide Veeras Fußsohlen.

12 Ich stand im Dunkel der Saunakammer und fuhr mit der flachen Hand über die Wand zur Sauna. Sie war kalt. In voller Bekleidung schob ich mich in den Schlafsack. Es war Wind aufgekommen, und es regnete gegen das Fenster. In der Kammer roch es, wie in der Kindheit unter dem Dach beim Comiclesen, nach trockenem Holz und Lumpenstoff. An Nachmittagen im August hatte ich in der Dachkammer des Hauses gelegen und die Deckenpaneele betrachtet und an den kommenden Herbst gedacht, an die Schule und daran, daß die Bretter an der Decke immer da waren, im Oktober und im November, auch dann, wenn es schneite, immer.
Ich nickte ein. Verlor das Zeitgefühl. Jedesmal, wenn ich aufschreckte, war es dunkel. Ich war so müde, daß mir die Dunkelheit angst machte, ich traute mich nicht hinauszugehen, ich stand auf, machte Licht, nahm die Vase vom Fensterbrett, legte die Trockenblumen zur Seite und pinkelte ins Glas. Es wurde halb voll. Ich machte die Tür einen Spalt weit auf und schüttete den Inhalt der Vase in den Hof.
Ich war wieder eingeschlafen, als es an der Tür klopfte. Zuerst erwachte ich nur mühsam aus dem Schlaf, dann erschrak ich darüber, tief geschlafen zu haben, und setzte mich hastig auf und sagte mit fordernder Stimme:
»Wer da?«
Ich hörte das Geräusch des Regens. Ich wiederholte meine Frage, hielt den Eindringling mit meinem Tonfall in Schach.
»Hier ist Maria.«
Ich stand auf und öffnete die Tür. Maria stand im Regen. Sie starrte auf die Erde.
»Ich bin nur gekommen, um zu sagen, daß ich mich jetzt von diesem Leben verabschiede«, sagte sie mit leiser, monotoner Stimme, noch immer ohne aufzublicken. »Ich habe zwanzig Valium und zehn Norkotral genommen.«

»Was redest du da, was hast du gemacht?«
»Zwanzig plus zehn«, sagte Maria mit nüchternem Tonfall. »Eine bekam ich nicht herunter, die kam wieder hoch, aber die übrigen hab ich geschluckt.«
»Jetzt komm erst mal ins Trockene, dann reden wir.«
Ich zog Maria herein. Sie wirkte schwer und betrunken.
»Hast du die wirklich genommen?«
»Ja.«
»Dann müssen wir ins Krankenhaus fahren.«
»Ich fahre nirgendwohin.«
»Doch, wir müssen sofort los. Warum hast du das getan?«
»Das hab ich getan, weil Mikko drüben mit Veera im Bett liegt.«
»So eine Scheiße«, entfuhr es mir. »Aber das ist doch kein Grund, Pillen zu schlucken. Hast du die ehrlich geschluckt?«
»Eine kam wieder hoch, aber die anderen hab ich geschluckt«, wiederholte Maria wie beim Arzt.
Ich saß auf dem Bettrand und legte die Hände vors Gesicht. Durch die offene Tür hörte man das Geräusch des Regens. Maria stand mitten in der Kammer. Ich dachte, so begeht man keinen Selbstmord, man redet nicht so darüber, und überhaupt löst man diese Dinge nicht so. Es war schwer, das zu denken, im Dunkeln, in einer Regennacht, vor einem benommenen Menschen, der die Namen von Medikamenten aufsagt.
»Wir fahren jetzt ins Krankenhaus«, sagte ich.
»Ich fahr nirgendwohin«, sagte Maria und trat über die Schwelle. Man hörte keinen Aufprall. Ich wartete eine Sekunde und hoffte, irgend etwas zu hören. Dann drang ein Jammern durch das Rauschen des Regens.

13 Im Haus war es still. Mein Onkel schlief im Wohnzimmer auf der Couch. Die Tür zur Kammer war zu, ich zögerte kurz, bevor ich sie öffnete. Veera und Myrsky schliefen. Ich rüttelte Myrsky wach.
»Maria hat mindestens dreißig Tabletten geschluckt, und ihre beiden Knie sind offen, sie braucht Hilfe.«
»Interessiert mich nicht«, sagte Myrsky. Es klang vernünftig, als hätte er auch im Schlaf mitbekommen, was im Haus vor sich ging. Er stützte sich auf den Ellenbogen und rief in die Küche: »Alter Hut, interessiert mich nicht mehr. Das ist ein alter Hut, Maria.«
Ich drehte mich um und ging in die Küche zurück. Auf dem Tisch fand ich zwei leere Tablettenstreifen und im Abfalleimer einen dritten. Vom Fußboden unter dem Stuhl pickte ich eine weiße Pille auf.
Mein Onkel gab im Wohnzimmer Geräusche von sich. Mit großen Augen schnellte er in Sitzposition.
»Ist die Polizei schon im Haus?«
Ich hatte keine Zeit, ihm zu antworten oder mich zu wundern, wie er darauf kam, ich ging in den Flur, um zu telefonieren. Dort saß ich im elektrischen Licht vor dem Telefon und dachte, jetzt wähle ich die Notrufnummer.
Eine Frauenstimme meldete sich. Ich trug mein Anliegen vor. Ich war ruhig und präzise. Ich dachte, ich bin der ruhigste und präziseste Anrufer, der je in der Notfallzentrale angerufen hat. Die Frau hingegen schien nervös zu sein, sie hörte mir ungeduldig zu. Ich wiederholte die Einzelheiten, sagte dreimal, ich könne nicht einschätzen, ob der Zustand der Patientin eine stationäre Behandlung erfordere. Die Frau unterbrach mich, sie versprach, den Fall der Sanitätseinheit zu melden, und gab mir noch eine Nummer, die ich anrufen sollte.

Ich rief an und mußte dem Mann vom Gesundheitszentrum alles noch einmal erklären. Auch ihm gegenüber sprach ich ruhig und machte deutlich, niemanden unnötig belasten zu wollen. Ich versuchte, mich von dem Fall loszusagen und zu beweisen, daß ich nicht schuld war und daß mir so etwas überhaupt noch nie passiert war. Der Mann hielt die Lage für ernst. Er sagte, die Patientin müsse bis zum Eintreffen des Krankenwagens wach gehalten werden, notfalls mit Gewalt. Ich versprach ihm, es zu versuchen.

Im Wohnzimmer hatte sich Maria inzwischen hingelegt. Ich faßte sie unter dem Rücken und im Nacken und setzte sie auf, ihren schlaffen Frauenkörper, der nach Zigaretten, Alkohol und Parfum roch. Ihre Jeans waren an den Knien schmutzig und voll Blut und offen, ich wagte es nicht, sie mir genauer anzusehen. Mein Onkel lag in der Unterhose auf der Couch und verfolgte von dort die Ereignisse mit den Augen des Betrunkenen.

Die Angst schlug unvermutet zu, lief durch meinen ganzen Körper und hinterließ einen Zustand der Schwerelosigkeit. Ich sprang auf, rannte zwischen Wohnzimmer und Küche hin und her, als hätte ich in den Räumen Aufgaben zu erfüllen. Zwischendurch blieb ich am Fenster stehen und starrte ins Dunkle, abwechselnd auf die Straße und in den Garten. Mir kam in den Sinn, wie mein Großvater denselben Weg zwischen den Fenstern im Wohnzimmer und in der Küche hin und her gewandert war und auf den Überbringer der nächsten Flasche gewartet hatte, und als ich mich daran erinnerte, stand ich mitten im Raum und starrte auf die Küchenwand.

Ich ging zu Maria und setzte mich neben sie. Sie nickte ein, das Kinn auf der Brust. Ich wünschte mir, jemand, der größer und älter wäre als ich, würde kommen und mir sagen, ich dürfe nach Hause gehen. Ich stand wieder auf und befahl meinem Onkel, Maria wach zu halten.

14 Der Regen hatte nachgelassen, es war nur noch Sprühregen, den man im Gesicht spürte. Während ich auf der Eingangstreppe stand, begriff ich, daß über der Haustür kein Vordach angebracht war, die Tür öffnete sich direkt unter freiem Himmel. Ich hatte zu Hause auch so eine Tür, die bei Regen naß wurde und dermaßen aufquoll, daß man sie mit Gewalt zudrücken mußte. Ich hatte mir viele Türen von Einfamilienhäusern angeschaut und bemerkt, daß fast alle Leute Vordächer über ihren Haustüren hatten, und jetzt bekam ich gute Laune, als ich sah, daß es auch am Haus meiner Kindheit kein Vordach gab. Allerdings registrierte ich, daß zum Schutz des oberen Türrandes ein Profilblech zurechtgebogen worden war, das verhinderte, daß sich das Holz mit Wasser vollsaugte, und ich überlegte, ob ich für unsere Tür daheim auch so ein Blech machen könnte. All das dachte ich, als ich hinausging, um auf den Krankenwagen zu warten, und ich dachte darüber nach, daß ich daran dachte. Ich drückte die Tür zu und stellte fest, daß auch diese Tür klemmte.
Ich eilte über den Hof zur Straße und blieb dort stehen. Vom Sprühregen ließ ich mir das Gesicht befeuchten. Ich hatte den Krankenwagen bestellt und versprochen, ihm den Weg zu zeigen, und jetzt war er unterwegs, und Maria döste drinnen und war kurz vorm Sterben, und man durfte nicht zulassen, daß sie einschlief, und der Krankenwagen würde bald kommen – klar und deutlich kreisten die Gedanken in meinem Kopf. Ich richtete die Taschenlampe auf die Erde und schwenkte zur Probe den Arm. Dann machte ich eine weite,

richtungsweisende Gebärde zum Haus hin. Ich beschloß, unter keinen Umständen den Fahrer des Krankenwagens zu blenden, sondern den Lichtkegel die ganze Zeit schräg auf die Straße zu richten, und diese Bewegung übte ich jetzt.
Es war still, nicht einmal der Regen machte Geräusche. Ich fragte mich, ob der Krankenwagen mit eingeschalteter Sirene einträfe, und kam zu dem Schluß, daß dies nicht der Fall sein würde. Allerdings glaubte ich, in mehreren Kilometern Entfernung ein Fahrzeug näher kommen zu hören. Ich lauschte: Die Nacht war lautlos. Von der Straße her war nichts zu hören, auch nicht vom Meer her oder aus dem Erlenwäldchen. Erst als ich ganz genau hinhörte, nahm ich das weiche, säuselnde Geräusch des Sprühregens auf dem Stoff meiner Jacke wahr, und ich hatte das Gefühl, das Geräusch meines Kreislaufs zu hören und das so weit entfernte Rauschen der Welt, daß es schon gar kein Geräusch mehr war, sondern Sehnsucht und Angst und all das, was ich empfand, wenn ich an die Welt dachte.
Auf der anderen Seite der Straße lag ein gepflügter Acker. Ich leuchtete mit der Taschenlampe hinüber, roch die feuchte Erde und das tote Gras, die modernden Blätter und den Humus, den Geruch des Spätherbstes, der mir jetzt gar nicht bedrohlich erschien. Alles endete einmal und starb, aber jetzt war Nacht, und ich stand im Regen, leuchtete mit der Taschenlampe ins Dunkle, und nicht einmal der Herbst konnte mir bedrohlich werden.
Mein Onkel kam aus dem Haus und rief meinen Namen. Auf der Treppe blieb er stehen. Er wollte wissen, was ich trieb, was ich für Autos gerufen hatte und wen ich entführen wollte. Ob ich überhaupt begriff, was ich tat. Wohin ich die betreffende Person zu stecken gedachte und mit welcher Überweisung.

»Verstehst du von diesen Dingen überhaupt etwas? Oder hast du den Wagen nur zum Spaß gerufen?«
Ich antwortete meinem Onkel, wie man einem Kind antwortet, dessen Zorn aus etwas resultiert, das es selbst nicht verstand, aus Müdigkeit und Hunger. Ich sprach in Hauptsätzen, erklärte, Maria brauche einen Krankenwagen, der Krankenwagen wäre gleich da, alles käme in Ordnung. Ich drehte dabei nicht einmal den Kopf, sondern stand am Straßenrand und hielt die Taschenlampe fest in der Hand und starrte weiterhin ins Dunkle.
Mein Onkel setzte sein lallendes Lamento auf der Treppe fort. Ich wandte mich von der Straße ab, ging mit weit ausholenden Schritten auf das Haus zu und schrie, wir hätten da drin eine Frau liegen, die dreißig Beruhigungstabletten intus habe, und man habe mir befohlen, in diesem Notfall einen Krankenwagen zu rufen. Durch das Schreien fühlte ich mich besser. Ich wollte nicht an die Möglichkeit denken, daß mein Onkel recht hatte, daß ich übertrieben, den Krankenwagen umsonst gerufen und eine Kleinigkeit aufgebläht hatte. An diese Möglichkeit hatte ich zuvor schon eine halbe Stunde lang gedacht, darum war ich des Gedankens müde. Beim Schreien vergaß ich ihn.
»Geh jetzt ins Haus, verdammt noch mal, und rede hier draußen keine Scheiße!« schrie ich. »Geh rein und sorg dafür, daß Maria wach bleibt! Ich hab keine Zeit, mit Besoffenen zu konferieren, verdammte, beschissene, dreckige Scheiße!«
Beim Schreien dachte ich, jetzt schreie ich ihn an, jetzt ist es soweit. Dann senkte ich den Blick und stand schweigend vor meinem Onkel. Der Hof kam mir klein vor, er paßte unter meine Füße. Ich begriff, daß mein Schreien gewirkt hatte. Mein Onkel machte den Mund auf und machte ihn wieder

zu und hob den Zeigefinger in die Luft und ließ ihn wieder sinken.

»Ich wollte bloß wissen, wo Maria hingebracht wird«, sagte er versöhnlich.

Ich machte wieder kehrt und entfernte mich. Mein Onkel schien die Fassung wiedergefunden zu haben.

»Da muß man nicht immer gleich so ein Olivenblättchen sein«, rief er mir hinterher.

Ich stand am Straßenrand, war ein vernünftiger Mensch, und das, was ich tat, tat ich richtig. Meinen Onkel hörte ich hineingehen. Ich schaute auf das Haus und fragte mich, was drinnen geschah. Genau in diesem Augenblick sank Maria womöglich in den Schlaf, oder sie fiel aufs Gesicht und erstickte. Mir kam in den Sinn, daß ich in Wahrheit gar nicht am Straßenrand stand, um dem Krankenwagen den Weg zu zeigen. Der Krankenwagenfahrer würde den Hof auch ohne mich sehen, er würde das Haus erkennen, in dessen Fenstern nachts um vier Licht brannte, zumal er dessen Adresse und Kennzeichen erhalten hatte. In Wahrheit stand ich am Straßenrand, weil diese Aufgabe zu mir paßte. Und mein Onkel war im Haus, weil diese Aufgabe zu ihm paßte.

In der Ferne hörte ich ein Geräusch. Es war so schwach, daß ich es nicht von der Hoffnung unterscheiden konnte, von der Erwartung des Geräuschs. Ich lauschte, ob es zunahm, aber es blieb gleich, als spielte ein zerstreuter Junge in drei Kilometer Entfernung mit seinem Auto. Dann verschwand es ganz.

Ich starrte über den Acker hinweg ins Dunkel. Da schoß der Krankenwagen in voller Beleuchtung aus dem Wald, raste von links nach rechts über die Gerade zwischen den Feldern, bremste in der Kurve, beschleunigte wieder und fuhr knurrend auf mich zu.

15 Beim Warten an der Straße hatte ich mir überlegt, ob ich den Sanitätern Guten Abend oder Guten Morgen wünschen sollte, aber als sie in ihren roten Overalls aus dem Wagen sprangen, sagte ich Guten Tag.
Der Fahrer riß die Hecktür auf und nahm mehrere Taschen heraus. Die Frau, die auf dem Beifahrersitz gesessen hatte, beugte sich ebenfalls in den Wagen und suchte dort nach etwas. Im hellen Licht des Fahrzeugs starrte ich auf ihren Hintern, auf die Säume des Slips, der sich unter dem roten Overall abzeichnete. Als sich der Mann umdrehte, zählte ich die Medikamente auf, die Maria genommen hatte. Im Laufe der Nacht hatte ich sie so oft aufgelistet, daß mir die Namen und die Mengenangaben mittlerweile vertraut und alltäglich erschienen. Der Mann nickte. Der Krankenwagen hatte eine unnatürliche Farbe.
Ich ging ins Haus voran, öffnete alle Türen und zog im Vorübergehen die Teppiche im Flur gerade, auch in der Wohnküche richtete ich mit der Schuhspitze den Teppich aus. Zwar hatte ich keine Zeit, die leeren und vollen Flaschen einzusammeln, aber schon die geraden Teppiche verbesserten den allgemeinen Eindruck enorm. Ich zog alles gerade und glatt, was ich sah, und hörte erst damit auf, als ich Stimmen auf der Veranda hörte.
Ich winkte die roten Overalls ins Wohnzimmer und folgte ihnen. An der Tür schlug einem der Gestank von altem Alkohol und Zigarettenrauch entgegen, das fiel mir erst jetzt auf. Maria lag mit geschlossenen Augen schlaff auf dem Sofa. Mein Onkel saß in seinen weiten Boxershorts neben ihr. Auf dem Fußboden lagen Tüten, deren Inhalt weite Verbreitung gefunden hatte, Laken und schmutzige Klamotten, der Couchtisch wurde von einem vollen Aschenbecher, Zigarettenschachteln, Rotwein und Bier eingenommen. Die Tür

zur Kammer stand offen, dort lagen Myrsky und Veera im Halbdunkel. Ihre Gesichter konnte ich nicht erkennen. Ich setzte mich in einen Sessel auf ein Bündel Kleider und schubste die schmutzigen Strümpfe von der Armlehne auf den Boden.
Die Frau fragte nach Marias Befinden. Dabei machte sie ihren schwarzen Koffer auf und zog Schnüre heraus. Maria richtete sich auf und antwortete eifrig. Sie machte einen gesunden Eindruck.
Der Mann räumte die leeren Gläser vom Tisch, legte ein Formular vor sich hin und fing an, es auszufüllen.
»Wie heißen Sie?«
»Welche Medikamente haben Sie genommen?«
»Wann haben Sie sie genommen?«
»Wie fühlen Sie sich?«
»Weshalb haben Sie die Medikamente eingenommen?«
»Weshalb wollten Sie sterben?«
»Weil mein Freund mit einer anderen Frau ins Bett gegangen ist«, sagte Maria in demselben konstatierenden Tonfall, in dem sie auch die anderen Fragen beantwortet hatte.
Der Mann warf einen Blick auf mich und auf meinen Onkel. Ich starrte vor mich hin. Der Mann nickte und schrieb etwas auf, vielleicht Marias Antwort. Da fing ich an zu sprechen. Ich fragte, was man mit Marias Knien machen müsse, ich sagte, in meinen Augen sähen sie schlimm aus. Der Mann warf einen Blick auf Marias Knie, sagte aber nichts.
Die Frau hatte ihre Messungen beendet. Sie ging in die Küche, ließ Wasser aus dem Hahn und kam kurz darauf zurück. Sie hatte eine Plastikflasche in der Hand, die sie mit ruhigen Bewegungen schüttelte. Für diese Arbeit nahm sie sich viel Zeit. Der Mann im roten Overall füllte Formulare aus, die Frau schüttelte eine Flasche, und wir anderen warteten.

Zwischendurch unterbrach der Mann seine Notizen und ließ den Blick gedankenverloren durchs Wohnzimmer schweifen. Die Unordnung schien ihn nicht zu belasten, er kritisierte sie mit keiner Miene. Er guckte bloß, als erinnerte er sich an etwas. Ich lehnte mich tief in die Sesselpolster zurück. Es stellte sich das Gefühl ein, daß alles in Ordnung war, daß hier bloß eine Schar Freunde versammelt war, daß wir gut gegessen und getrunken hatten und daß sich jetzt ein stiller Moment eingestellt hatte, aber noch keiner aufbrechen wollte.

Die Frau hatte die Flasche fertig und reichte sie Maria. Im Deckel steckte ein dicker Strohhalm, Maria schob ihn sich in den Mund und hielt die Flasche schief.

»Schmeckt so fürchterlich wie jedesmal«, sagte sie mit schwarzgefärbtem Mund. »Meine Freundinnen und ich haben uns schon gefragt, warum es das nicht mit Erdbeer- oder Bananengeschmack gibt.«

Ich stand auf, ging in den Flur und hörte von dort aus zu.

»Hilft das gegen Kater?« hörte ich meinen Onkel fragen.

»Nein, dagegen hilft es nicht«, sagte die Frau bedauernd.

Der Krankenwagen, den ich gerufen hatte, stand auf dem stillen Hof, es war ein großes Fahrzeug mit Alarmlichtern am Bug und auf dem Dach. Die Wagennummer war groß auf beiden Seiten angebracht. In einer Ecke des Flurs stand ein mannshoher Gefrierschrank, das bemerkte ich erst jetzt. Ich machte ihn auf. Im hellen Licht lagen Gefrierbehälter und Beutel voller Beeren in den Fächern. Erdbeeren, Blaubeeren, Preiselbeeren.

»Die Beeren von Pirkko und Raimo«, sagte ich laut.

16 Die schwarzen Rinnsale des Kohlengetränks trockneten auf Marias Kinn, mein Onkel hatte ähnliche Flecken in seinem Bart. Die roten Overalls saßen in den Sesseln, als hätten sie es überhaupt nicht eilig. Sie waren im Dienst. Wieder stellte ich mir vor, wie die Frau unter dem Overall aussah. Ich stellte es mir möglichst genau und lebhaft vor und konnte gerade noch den Kopf abwenden, bevor die Frau mich ansah. Ich ging wieder in den Flur.
Der Mann und die Frau folgten mir und brachten ihre Taschen zum Wagen.
»Danke, daß Sie gekommen sind«, sagte ich. »Ein gewöhnlicher Mensch kann nicht einschätzen, wie gefährlich solche Situationen sind, darum habe ich angerufen, und da haben sie mir gesagt, man müsse einen Krankenwagen anfordern, sie haben es direkt befohlen, ihrer Meinung nach war es unumgänglich. Und ich dachte ja auch an die Knie.«
»Das haben Sie ganz richtig gemacht«, sagte der Mann.
»Sie muß jetzt in die Klinik. Zur Beobachtung«, sagte die Frau.
»Tatsächlich?« freute ich mich.
»Sie packt gerade ihre Sachen.«
Der Regen hatte ausgesetzt, die Luft war kühl. Wir standen im Licht der Veranda neben dem Krankenwagen. Mir fiel ein, wie ich als Kind in zu dünnen Kleidern auf eben diesem Hof gestanden hatte, und die Männer Zigaretten geraucht hatten, und wie ich vor Kälte gezittert, mich aber dennoch wohl gefühlt hatte.
Da von Maria nichts zu hören und zu sehen war, ging ich wieder ins Haus. Mein Onkel deutete auf die Klotür.
»Sie ist schon ziemlich lange da drin.«
Ich rief durch die Tür. Maria stöhnte. Der Sanitäter kam herein und fing ebenfalls an zu rufen.

»Bei denen weiß man nie, was sie tun«, flüsterte er mir zu und fuhr sich mit dem Zeigefinger über das Handgelenk.
Ich starrte auf die Tür. Da wurde sie mir ins Gesicht gestoßen, und Maria kam vollständig bekleidet und geschminkt aus dem Klo.
Ich eilte ihr ins Wohnzimmer hinterher, um ihr beim Packen zu helfen, ließ den Blick über die Tische schweifen und hielt nach ihren Sachen Ausschau. Dabei fand ich den durchsichtigen Herzanhänger, den ich am Abend an ihrem Hals gesehen hatte, und überreichte ihn ihr stolz.
»Der hier paßt auf dich auf.«
Maria lächelte mir zu wie einem Kind und sagte:
»Könntest du mich begleiten?«
»Ich kann mitkommen«, sagte ich und dachte an die nächtliche Klinik und an die Menschen, die darin lagen, und an die Krankheiten, die sie hatten. »Ich kann ja hinterherfahren.«
»Kommen Sie nur mit, falls Sie schon wieder fahren dürfen«, sagte der Sanitäter.
»Ich hab doch gar nichts getrunken«, sagte ich verdutzt und dachte im selben Moment an das eine Glas Weißwein.
Der Mann nickte und musterte mich forschend. Ich begleitete Maria nach draußen. Als wir neben dem Krankenwagen standen, nahm ich ihre Hand und sagte:
»Vielleicht komme ich doch lieber erst morgen früh.«
Maria erwiderte darauf nichts. Die Frau half ihr in den Wagen und setzte sie im hinteren Teil auf einen Sitz. Beide Frauen schauten mich durch den Türspalt an, die Frau im roten Overall mit der Hand auf dem Türgriff, als wartete sie auf meine Entscheidung. Maria sah müde aus im weißen Licht der Ambulanz. Ich nahm allen Mut zusammen und sagte:

»Ich komme morgen früh. Das Leben wird siegen.«
Maria lächelte mir matt zu. Ohne mir mit einem Gesichtsausdruck zu danken, aber auch ohne mich zu verurteilen, zog die Sanitäterin die Tür zu.
Ich schaute zu, wie der Krankenwagen abfuhr, und versprach mir, so lange zuzuschauen, bis er im Wald verschwand. Ich hielt mein Versprechen nicht, ich schaffte es nicht einmal, es zu versuchen.

17 Mein Onkel saß am Küchentisch und schraubte eine Flasche Korn auf. Wenigstens war niemand mehr am Sterben.
»Hat dir die Fischsuppe geschmeckt?« fragte er.
»Ich bin nicht dazu gekommen, welche zu essen.«
»Dann probier sie jetzt.«
»Wo habt ihr den Fisch her?«
»Aus dem Dorf. Im Netz war nichts.«
»Habt ihr Netze draußen?«
»Natürlich haben wir Netze im Wasser! Morgen kriegen wir Zander.«
»Von wegen.«
»Und ob. Probier die Suppe, die schmeckt noch besser, wenn man sie aufwärmt.«
Mir fiel ein, daß ich seit dem Apfel am Abend nichts mehr gegessen hatte, und warf einen Blick in den Topf. Ich drehte die Herdplatte auf vier und wartete. Dann stellte ich die Suppe auf den Tisch, ließ sie abkühlen und aß sie mit dem Löffel direkt aus dem Topf.
»Man fühlt sich wie im ›Unbekannten Soldaten‹«, seufzte mein Onkel. »Zuerst fürchterliches Chaos, und dann sind wir doch alle ganz schöne Schelme.«

»Ich begreife das nicht«, flüsterte ich und nickte in Richtung Kammer. »Warum hat er das getan?«
»Was getan?« fragte mein Onkel mit seiner typischen lauten Stimme.
»Das ist doch grauenhaft, so was zu machen«, sagte ich.
»Das mit dem Grauen ist relativ«, sagte mein Onkel. Er sah mich gelassen an. Seiner Meinung nach war es einerlei, wer mit wem schlief, wenn er nur schlief und nicht im Haus herumtobte. Hätte er Maria in der Nacht zum Schlafen gebracht, wäre nichts passiert, alle würden jetzt friedlich unter ihrer Bettdecke atmen, und erst am Frühstückstisch würde man gucken, wer welches Gesicht machte.
»Aber jetzt ist daraus so eine Episode geworden«, sagte er.
»Wann warst du denn im Wachzustand mit ihr hier?« wunderte ich mich.
»Hier haben wir gesessen. Ich hab Korn getrunken, und Maria hat Medikamente geschluckt und gesagt, sie bringt sich um. Und ich hab zu ihr gesagt, nur zu.«
»Das hast du gesagt?«
Mein Onkel befahl mir, mich zu beruhigen. Er sei kein Blödmann, auch er habe Verstand, mit allen Mitteln habe er versucht, Maria davon abzuhalten, in die Kammer zu gehen. Denn wenn Frauen anfingen, sich zu schlagen, schlafe bald niemand mehr, und dann komme auch kein Krankenwagen, sondern die Polizei.
»Sie hat dreißig Pillen geschluckt, und du hast daneben gesessen und zugeschaut!«
»Weißt du, es gibt zwei Sorten von Tabletten. Solche, mit denen man den Löffel abgibt, und solche, mit denen man kommuniziert. Der Mensch sucht sich ein Publikum.«
Mein Onkel erklärte mir, dies sei nicht das erste Mal gewesen, daß jemand vor seinen Augen Selbstmord begangen

habe, fünfmal im Jahr passiere ihm das normalerweise, zehnmal wenn er daheim lang aufbleibe, zwanzigmal, wenn er Sommerfestivals besuche. Auch für Maria sei es nicht das erste Mal gewesen. Als Myrsky im August nach Hause gekommen sei, habe auf dem Tisch ein Zettel auf ihn gewartet: Ich habe mich vor den Zug geworfen. Myrsky habe bei der Polizei und bei der Eisenbahn alle Nummern durchtelefoniert und wie ein Wilder die Bahnstrecke abgesucht. Am Abend habe er Maria dann daheim gefunden. Im nachhinein habe Myrsky zu meinem Onkel gesagt, er werde nie mehr bei der Eisenbahn anrufen und darum bitten, die Züge anzuhalten. Kein Mensch dürfe in so eine Zwangslage gebracht werden.

»Haben sie versprochen, die Züge anzuhalten?« fragte ich und sinnierte meiner Frage nach, die mir unwesentlich vorkam.

»Sie haben gesagt, sie drosseln das Tempo.«

Ich betrachtete die Kammertür und stellte mir vor, wie Myrsky an der Bahnstrecke entlangrannte und bei der Polizei und der Eisenbahn anrief. Es war schwer, sich das vorzustellen. Ebenso schwer fiel es mir, mir auszumalen, wie Maria einen Abschiedsbrief schrieb. Wenn ein Mensch nicht so weit gebracht werden durfte, daß er bei der Eisenbahn anrief und darum bat, die Züge anzuhalten, durfte er auch nicht so weit gebracht werden, sich vor einen dieser Züge zu werfen. Der Mensch war für etwas ganz anderes gemacht: Er war gemacht, um über Wiesen zu gehen und umarmt zu werden.

»Ich habe nicht gewußt, daß es so ist bei den beiden«, sagte ich. »Und daß sie so überempfindlich ist.«

Mein Onkel machte ein trauriges Gesicht. Er sagte, Maria sei eine empfindsame und schöne Frau, beängstigend emp-

findsam und schön und freundlich, nie habe er sie schlecht über einen anderen Menschen reden hören. Aber auch ein schöner und kluger Mensch könne einmal aus den Augen verlieren, von welchem Punkt er herkomme und zu welchem Punkt er unterwegs sei.
»Der Mensch ist wie eine Frühsommerblume«, sagte mein Onkel, »frisch und wunderbar. Aber zwei Wochen ohne Gießen, und er landet auf Station 6.«
»Was auch nicht besonders guttut, ist, wenn man ihm eine Waffe an den Kopf hält«, sagte ich.
»Wo hast du das denn gehört?« wollte mein Onkel wissen.
Ich erzählte es ihm.
»Bloß, daß es so nicht war«, sagte er. »Sie selbst hat Myrsky angerufen und gesagt, sie bringt sich um, und dann hat sie aufgelegt. Erst dann ist Myrsky zu ihr.«
»Aber er hat ihr trotzdem die Waffe an den Kopf gehalten.«
»Er hat wohl damit herumgefuchtelt. Er wollte ihr zeigen, wie der Tod aussieht.«
»Zeigt man das mit der Waffe?«
»Warum nicht.«
»Und? Wie sieht er aus?«
»Er ist schwarz, er ist nichts anderes als Finsternis. Aus der Richtung ist also nicht viel zu erwarten.«
»Habe ich den Krankenwagen demnach umsonst gerufen?«
»Wieso umsonst?«
»Wenn das bloß irgendwelche Kommunikationspillen waren.«
»Die Frau mußte doch in Behandlung«, sagte mein Onkel. Er sah mich lange an und fügte dann hinzu, Myrsky sei der einzige im Haus, der etwas falsch gemacht habe. Hätte Maria nicht die Pillen geschluckt, dann hätte er Myrsky aus dem Bett geholt und ihm mit der Faust eine reingehauen und sich selbst neben Veera gelegt.

»Ich glaube, ich hab dich ein bißchen angeschrien«, fing ich an zu bedauern.
»Na und?«
»Ich dachte bloß. Daß ich umsonst geschrien habe.«
»Weißt du, ich bin so oft angeschrien worden, daß mir das nichts mehr ausmacht«, sagte mein Onkel.
»Wer hat dich denn angeschrien?«
Mein Onkel wunderte sich. Ob ich mich nicht mehr an die 70er Jahre erinnern könne. Ob meine Ohren nicht mehr widerhallten von dem Geschrei, das damals im Haus erschollen sei. Eine Woche lang, worauf drei Monate Funkstille geherrscht habe. Keinerlei Kontakt habe er zu seinem Vater gefunden. Auf dem Meer seien sie gewesen, mit klammen Händen hätten sie das Netz ins Boot gezogen, aber nichts sei geredet worden, Entschuldigungen seien weder ausgesprochen noch angenommen worden. Erst an Weihnachten habe der Vater das nächste Mal gelächelt, und er habe mit dem Vater zusammen den Tannenbaum schmücken dürfen, und der Vater sei ein sanfter, sensibler Mann gewesen, und in der Papiertüte habe ein Apfel gewartet.
»Aber was für einen Wert hat so eine Versöhnung, wenn man eine Ewigkeit lebt?« fragte mein Onkel. »Was für einen?«
Ich vermochte darauf nicht zu antworten. Mein Onkel winkte ab. Jedenfalls zucke er nicht mehr zusammen, wenn geschrien werde. Zumindest renne und buckle er nicht mehr. Denn auch das könne man auf der Welt zu Gesicht bekommen: starke Männer, die in der Erde scharrten, wenn der Patron vorüberfahre. Er aber buckle nicht. Je enger es werde, um so weniger Angst habe er. Wenn man auf der Stelle stehenbleibe, hätten beide Zeit, sich zu beruhigen, der Schreier so gut wie der Angeschriene.

»Hast du gemerkt, wie ich auf meinem Platz stehengeblieben bin?«
»Das bist du.«
»Obwohl du mit weit aufgerissenem Rachen gebrüllt hast. Du bist auch ein Mann geworden. Geben wir uns die Hand?«
Die Hand meines Onkels war trocken und warm. Groß. Er drückte meine Hand lange, dann entließ er sie aus der Umklammerung und griff zur Flasche. Der Pegel darin war auf die Hälfte gesunken.
Ich hatte das Gefühl, daß nun der passende Augenblick gekommen war.
»Olli, hast du jemals Sehnsucht nach dem Haus hier gehabt?« fragte ich. »Hast du manchmal das Gefühl, daß alles, was hier früher war, real und echt gewesen ist, und alles, was danach kam, völlig anders? Irgendwie, wie soll ich sagen, unwirklich?«
»Nein«, sagte mein Onkel.
»Aber war das nicht trotzdem eine tolle Zeit?«
»Meiner Meinung nach war das ein und dieselbe Zeit wie heute.«
»Jedenfalls waren wir mehr zusammen.«
»Wir hatten schlechte Autos und wenig Geld. Und erwachsene Menschen gucken sich nicht länger als zwei Tage gegenseitig an, wenn es auch nur irgendwas gibt, wo man hingehen kann.«
»Immerhin hatten wir es schöner als heute.«
»Wenn ich mich nur daran erinnern könnte.«
»Wenigstens haben wir keine Krankenwagen gerufen.«
»Das wäre auch dumm nach zwei Aspirin und einer Flasche Borwasser.«
»Findest du das nicht irgendwie seltsam?« erregte ich mich

und deutete auf die Kammertür. »Daß die da liegen. Denk doch mal, in wessen Kammer sie liegen!«
Darauf fiel meinem Onkel nichts ein.

Im Hof war es so dunkel wie vorher. Diese Dunkelheit schien schon seit vielen Tagen zu herrschen. Eilig ging ich über den Rasen, ich wollte jetzt nicht an die Dunkelheit denken, so wie man im Zentrum einer großen Stadt keine Lust hat, sich vorzustellen, wie weit sich die Häuser und Straßen ziehen würden, wenn es einen jetzt furchtbar drängen würde hinauszukommen.
Ich legte mich aufs Bett. Weil ich zu faul war, um mich in den Schlafsack zu zwängen, zog ich ihn bloß wie eine Decke über mich. So lag ich im Dunkel der Saunakammer und streichelte den Stoff des Schlafsacks, er war glatt, ich dachte, er ist mein Freund. Ich zitterte vor Kälte. Die Fassung fand ich erst wieder, als ich tief atmete wie ein vom Glück Begünstigter.

18 Weiches Licht fiel durchs Fenster. Es war halb acht. Ich stand auf, öffnete die Tür und sprang hinaus.
Die Eiche rauschte aus vollem Laub. Ihre knorrigen Stämme waren gegen den Morgenhimmel zu sehen. Zum Erlenwäldchen hinab liefen Ackerfurchen. Feuchtes Grasgrün füllte den Hof. Auf dem Rasen standen ein schmiedeeiserner Gartentisch und um ihn herum vier Stühle aus derselben, teuer wirkenden Baureihe. Auf dem Tisch waren Weingläser vergessen worden, wie nach einer Gartenparty.
Im Schatten der wuchernden Zweige der Apfelbäume hing noch etwas Dämmerung. Die Äste waren Wurzeln, die sich

in den Himmel schoben, die Sträucher auf dem Hofgelände standen auf ihren alten Plätzen. Die Luft um sie herum sah frisch und unverbraucht aus. Am Horizont über dem Meer sammelten sich Wolken. Ich versuchte ihre Bewegungen zu erfassen, schaute zu, wie sie den obersten Ästen der Eiche entgegenrückten. Sie bewegten sich auf das Haus zu.
Am Waldrand war das Nachbarhaus zu sehen. Dort rührte sich nichts, Kombi und Traktor standen sauber und einsatzbereit neben dem Viehstall. Ich wünschte, man würde mich vom Nachbarn aus sehen, ein aufrechter, nüchterner Mann, der die Nase in den Morgen hält, so wie man mit Sicherheit von dort die Ankunft des Krankenwagens gesehen hatte. Ich streckte mich mitten im Hof und schaute mich um, als hätte ich die Absicht, Reparaturen vorzunehmen.
Das Haus sah aus wie immer. Mit meinen Kindheitserinnerungen konnte ich es nicht vergleichen, ich verglich es mit den Fotos, die ich in den letzten Jahren betrachtet hatte, die ich neuerdings in meinen Schubladen fand, jetzt, da es die alten Zeiten und die Verwandtschaft nicht mehr gab, und auch sonst nichts, was auf den Bildern zu sehen war.
Drinnen in der Küche dröhnte das Radio. Mein Onkel saß auf seinem Platz am Kopfende des Tisches. Er bemerkte mich nicht, er registrierte mich erst, als ich schon quer durch den Raum stapfte, an den Knöpfen des Radios drehte, fluchte und das Kabel aus der Wand riß. Da drehte er sich zu mir um und setzte die Unterhaltung fort, als wäre ich gar nicht weg gewesen:
»Ringen wir?«
Die Flasche Korn war leer. Und die Betrunkenheit meines Onkels bewegte sich in ganz anderen Landschaften als am Vorabend, im Stadium der Betäubung, weit weg von jeder hellen Findigkeit. Ich wußte, auf diese Phase würden bald heise-

res Brummen und Erschöpfung folgen, anschließend sonderbare horizontale Stellungen und zum Schluß ein immer wieder beängstigend aussetzendes Schnarchen.
Jetzt aber wollte sich mein Onkel unterhalten. Allerdings hatte er nicht mehr die Kraft, seine Gedanken zu formen, die Satzenden ersetzte er durch energisches Abwinken: »So und so.« Ich war unschlüssig, ob es sich noch rentierte, mit ihm zu reden, oder ob es reichte, einfach dazusein. Als ich mich, ermutigt von einem erwartungsvollen Blick, doch entschloß zu sprechen, lallte mein Onkel sofort dazwischen, und sein Thema war ein völlig anderes als das meine.
Er fing an, Inseln und Landspitzen und Fischarten und die Gewichte von Fischen aufzulisten. Ich bekam nicht heraus, ob es sich um ehemalige oder künftige Beutetiere handelte, aber groß waren sie. Ich nickte und ging dabei in der Küche umher und blickte in die Schränke. Als Türgriffe dienten kleine Knöpfe aus Plastik, mein Daumen erinnerte sich gut daran. Auch an andere Dinge erinnerte ich mich, an die Borwasserflasche, die meine Großmutter als Medizin gegen alle Beschwerden anbot, und an die Aufreißverschlüsse der Zitronensodaflaschen, an denen man sich verletzte, an die Mausefallen in der Kammer. Jetzt standen Tiefkühlbehälter aus Kunststoff und Thunfischkonserven im Schrank.
Von der Küche ging ich ins Wohnzimmer, strich über die Tapete an der Hinterwand und über die Steinfliesen am Kaminrand, über die kleinen Unebenheiten der steinernen Oberfläche. All das war immer hiergewesen. Ich berührte die Fensterscharniere und die Schrauben der Scharniere, auch sie waren immer hiergewesen. Sie waren hiergewesen, als ich vor dem Traualtar stand und auf die Landschaft des Altarbildes starrte und als ich meine Jacke in den Blechspind der Geburtsklinik hängte und als ich mir im Büro des Leiters der

Kreditabteilung einen Pfefferminz-Schokoladen-Bonbon aus der Schale nahm. Sie waren immer hiergewesen, und sie würden bleiben, wenn ich wieder wegfuhr und in der Stadt meinen Verrichtungen nachging.
Durch das Fenster sah man auf die Weiden im Garten. Als ich still dastand, konnte ich mir in meinem Rücken das mittäglich sonnige Wohnzimmer vorstellen, die Gerüche der 70er Jahre, das Flimmern des Lichts auf dem Teppich. Die leuchtendweißen Teller auf dem Küchentisch und den Geruch von gewaschenen Kartoffeln, der in der Küche in der Luft lag. Das Küchenfenster war offen, auf dem Hof standen Autos, im Autoradio lief »Kein Mensch am Strand«. Mein Onkel und ich fuhren zum Schwimmen, bergab geriet das Fahrrad ins Zittern, man spürte die Kiefernwurzeln an den nackten Fußsohlen. Es zog sich zu, die Gräser legten sich im Wind flach, die Gänse liefen frei umher und hackten an den Bretterwänden, auf der Veranda krachte es, als der Schnabel einer Gans durch die Lamellen schlug. Dann wurde es still, und graues Licht schien durch die Ritzen. Plötzlich war es Morgen, kalte Milch rann in den Magen und war auf ihrem ganzen Weg zu spüren, es schneite, die Sonne schien auf den Schnee, und der Pfarrer fuhr auf den Hof. Mit Großmutter fuhr ich zum Laden. Ich saß im Peugeot auf der Rückbank und dachte ans Einkaufen, daran, was ich im Laden bekommen würde, und nichts anderes konnte mich belasten. Wind kam auf, es wurde Frühling und Sommer, man hörte einsame Vogelstimmen, die Ferien mündeten in den August, am Abend wurde es dunkel, auf der Straße zuckte das Licht eines Fahrrads: Großvater kam im Zickzack nach Hause.
Ich drehte mich um und ging nach oben. Ich schaute auf jede Stufe und jedes Bodenbrett. Oben gaben die Fenster

den Blick auf die vertraute Landschaft frei. Die Bäume am Waldrand sahen so groß aus wie früher. Ich stand am Fenster und wartete auf irgendein besonderes Gefühl.

Im Flur war es meinem Onkel inzwischen gelungen, die Schwimmweste überzuziehen. Er suchte nach seiner Angel und brummte heiser:
»Wer kommt mit? Die Eins geht jetzt.«
Ich holte meinen Angelkasten aus dem Auto, ging in die Saunakammer, zog den Overall und die Gummistiefel an und setzte mir eine Mütze auf. Der Morgen war bereits weit fortgeschritten, aber auf der Welt war nicht mehr Licht als beim Aufwachen. Es schien, als würde es bald regnen. Ich ging quer über den Hof ins Haus zurück.
»Du denkst, du willst mit so einem besoffenen Kerl nicht reden«, sagte mein Onkel, als ich in die Wohnküche kam. »Aber ich könnte der Morgendunst für diese Welt sein.«
Eine sonderbare Kombination aus Hustenanfall und Schluckauf unterbrach ihn. Es schien ihm die Lunge zu zerreißen.
»Das ist die Stimme des Wals. Er ruft nach seiner Mutter.«
Mein Onkel hustete und nieste und hickste mit Tränen in den Augen. Zwischendurch nahm er einen Schluck aus der Flasche. Das reizte das Prusten noch mehr. In den Momenten der tiefsten Betrunkenheit sah mein Onkel immer so aus, als hätte ihn eine schwere Grippe im Griff. In keiner anderen Situation schien sie ihn zu packen. Sobald sein Atem wieder lief, versuchte er zu reden, dann wurde er von einem neuen Niesanfall unterbrochen und hielt spauzend den Kopf zwischen den Knien.
»Wenn man noch einmal den Heiligabend erleben könnte und die leuchtenden Augen der Kinder«, keuchte mein On-

kel. Er stand auf und ging zur Kammer, stieß ohne zu klopfen die Tür auf, trat ans Bett und fing an, Myrsky wach zu rütteln. Ich folgte ihm, blieb aber auf der Schwelle stehen. Dort schlug mir mehrfach durchgeatmete Luft entgegen, auf dem Bett lagen Deckbetten und fadenscheinige Wolldekken, darunter sah ich die Gesichter von Veera und Myrsky, so schlaff und verbraucht, daß es mir unfair erschien hinzuschauen.

Mein Onkel ging dazu über, Myrsky hochzuziehen. Er hatte die Schultern bereits in der Luft, doch dann rutschte er ab. Er kippte um. Das geschah sehr langsam. Er neigte sich zwischen Bett und Wand, bis er schließlich seitlich auf den Vorhangsaum stürzte, es krachte, als ein Ende der Vorhangstange aus der Halterung sprang. Ohne ein Wort rappelte sich mein Onkel auf und fuhr fort, Myrsky zu wecken, ebenso zielstrebig, wie er in die Kammer marschiert war.

»Ich glaube, ich fahre nach Hause«, sagte ich leise. »Vielleicht gehen wir ein andermal fischen.«

»Alles klar«, sagte mein Onkel und sah mich an, als würde er mich verstehen.

19

Ich wartete im Auto, bis mein Onkel und Veera kamen. Sie gingen am Feldrand entlang zum Ufer hinunter. Ich hatte meine Sachen gepackt, war noch einmal im Haus gewesen, um mich von meinem Onkel zu verabschieden und ihm zu verbieten, aufs Meer hinauszufahren, und seitdem machte ich mir draußen Gedanken, wie ich es verhindern konnte; jetzt, da er zum Ufer ging, unternahm ich nichts. Es hatte wieder angefangen zu regnen, durch die feuchte Windschutzscheibe sah ich, wie die Umrisse von Veera und

meinem Onkel unscharf wurden und in der Landschaft verschwanden. Das war der Anblick, der mir als Erinnerung bleiben würde, dachte ich, diesen Anblick würde ich der Polizei beim Verhör später beschreiben müssen.
Ich stieg aus dem Wagen und ging in die Kammer, ohne die Schuhe auszuziehen.
»Myrsky! Wie heißt Maria mit Nachnamen?«
Myrsky wachte nicht auf. Ich drehte mich um. Als ich schon an der Tür war, sagte er:
»Maria fehlt gar nichts.«
Er lag auf der Seite, das Gesicht mir zugewandt. Die grauen Stoppeln am Kinn sahen aus wie Zigarettenasche.
»Maria fehlt gar nichts«, sagte er noch einmal.
»Ich mußte den Krankenwagen bestellen.«
»Das hast du ganz richtig gemacht.«
»So war das jetzt also, mit dieser Tour«, sagte ich.
»War doch ganz gut«, sagte Myrsky.
»Du hast ja sicherlich nichts dafür gekonnt«, sagte ich und dachte dabei, daß ich das sagte.
»Jussi, ich bin praktisch ein Punker. Du weißt doch, daß ich praktisch ein Punker bin, Jussi. Wenn du willst, daß du den Hecht nachher auch im Boot hast, mußt du ihm vorher Schnur geben.
Als ich langsam die Kammertür schloß, schien Myrsky schon wieder zu schlafen. Mir fiel ein, wie Großvater in derselben Kammer gelegen hatte, gelb und aufgedunsen, und wie die weißen Gardinen sich aus dem offenen Fenster gebauscht hatten, als hätte jemand von innen geblasen. Vor der Scheibe fiel gleichmäßiger, lautloser Regen. Die Vorhangstange hing an einer Halterung, die Gardinen lagen in einem Haufen auf dem Fußboden.

20 Das Auto roch nach Auto und war, wie ein Auto eben ist, wenn man weit weg von zu Hause alleine damit fährt. Die Scheibenwischer zogen feuchte Streifen über das Glas. Ich erinnerte mich, wie ich als Kind untröstlich war, wenn wir von dem Haus wegfuhren, ich schmollte auf der Rückbank oder stand sonntags abends unter dem Dach der Bushaltestelle im Halbdunkel und dachte an das Licht in der Küche zurück, an die Schneeflächen, an die Sonne des Sommerabends und an den Duft des Brennholzstapels. Jetzt war ich in eine andere, wesentlich schlechter beleuchtete Zeit geraten und fuhr mein eigenes Auto. Ich erinnerte mich, wie ich als Kind die Unebenheiten der Straße vom Fahrradsattel aus fixierte; jetzt sah ich die Wolken über dem Dorf und einen Himmel, der weit in alle Richtungen reichte. Ich erinnerte mich auch, wie geheimnisvoll die Straße abends ausgesehen hatte, wenn ich kam. Jetzt bestand sie aus Sand und Stein: ein Instandhaltungsobjekt.
In Turku fand ich in der Kiinamyllynkatu unterhalb des Krankenhauses einen Parkplatz. In der Poliklinik trat ich an den Schalter und fragte nach Maria. Den Familiennamen murmelte ich. Die Schwester fragte sofort nach, und ich sprach ihn nun lauter aus. Ein solcher Name fand sich nicht auf dem Bildschirm. Ich ging wieder hinaus. Draußen war Herbst. Im Auto roch es nach dem ledrigen Apfel, den ich vom Haus mitgenommen hatte.
Ich fuhr zum Markt. Ich schlenderte zwischen den Ständen umher und schaute auf glänzende Äpfel, auf Beeren, auf übervolle Kisten. An der Theke des Zeltcafés holte ich mir einen Tee und trug ihn an einen Tisch. Menschen kamen und gingen, die Häuser säumten den Marktplatz, als befände sich alles erst am Anfang. Ich blies vorsichtig in den heißen Pappbecher, starrte auf den aufsteigenden Dampf und ging

im Geiste all die Menschen durch, die ich für Freunde halten konnte, bei denen ich davon ausgehen konnte, daß sie mir nahestanden.
Ich saß lange am Tisch. Unter dem Zeltdach hing ein Heizstrahler. Er glühte durch die Kleider hindurch und verursachte Schauer. Der Zustand ging vorbei, als ich tief atmete. An seine Stelle trat gleich ein anderes unangenehmes Gefühl. Ich hatte jetzt eine Menge Zustände und Gefühle.

21 Mein Onkel hatte sich auf den heimischen Gewässern zweimal verirrt und auf einer Insel Veera geküßt. Myrsky hatte mit einem kühlen Handtuch auf der Stirn in der Kammer gelegen. Maria war früh am Samstagmorgen aus der Klinik gekommen, hatte bei sich zu Hause zwanzig Tabletten geschluckt und wieder ins Krankenhaus zurückgemußt. All das erfuhr ich, als mein Onkel mich am Sonntagmorgen anrief. Er war jetzt nüchtern und sprach mit der Stimme eines nüchternen Mannes, er machte sich Vorwürfe und bedauerte, was er getan hatte. Ich wußte nicht, an wen er seine Bitte um Entschuldigung richtete.
Der Sonntag war schön. Meine Frau und Aleksi sammelten im Garten Äpfel auf. Ich hatte meiner Frau alles schon am Samstag erzählt, aber mir fielen ständig neue Einzelheiten ein, darum lief ich meiner Frau hinterher und rekapitulierte die Ereignisse von Freitagnacht und schilderte meine Hilflosigkeit und schimpfte auf Myrsky und meinen Onkel. Es tat mir gut, auf sie zu schimpfen. Nach und nach geriet ich jedoch ins Zögern, und schließlich fing ich an, laut darüber nachzudenken, ob hinter all dem, was vorgefallen war, nicht doch ein schöner Gedanke der beiden erkennbar sein könnte,

ein verborgenes Heldentum, eine Form der Weisheit, die ich nicht auf Anhieb verstand. Hatte ich womöglich alles verdorben? Hatte ich mit meinem idiotischen Benehmen die anderen irgendwie zur Maßlosigkeit angestiftet und zu all dem, was passiert war?

Meine Frau, die aus den Äpfeln Mus kochen und Kuchen backen wollte, hatte mir still zugehört, doch jetzt unterbrach sie mich. Sie schnaubte, es gäbe überhaupt keine Helden. Sonst sagte sie nichts. Sie nahm ihren Korb und ging unter den nächsten Baum.

Ich folgte ihr und fragte sie, was sie meine. Dabei gab ich mir Mühe, einen zerstreuten Tonfall beizubehalten, denn ich befürchtete, zuviel Eifer könne sie verstummen lassen.

»Vielleicht hatten sie einen schönen Gedanken«, äffte sie mich nach. »Ich kann dir sagen, daß sie keinen hatten. Die hatten nicht den geringsten Gedanken. Das sind Männer, und sie waren besoffen. Außerdem sind alle gedankenlos, alle. Du solltest die Menschen besser kennen! Die Menschen denken gar nichts. Du mußt selbst denken, und du mußt selbst dein Leben leben.«

»Was hab ich denn jetzt schon wieder falsch gemacht?« wunderte ich mich.

»Gar nichts.«

»Ist das nicht eine ziemlich einsame Lebensphilosophie?«

»Das ist keine Philosophie«, sagte meine Frau. »Das ist die Wahrheit.«

»Ach so.«

»Und weißt du was. Du würdest auch viel leichter leben, wenn du das begreifen würdest.«

»Wieso leichter?«

»Dann wäre Schluß mit dem Gejammer«, sagte meine Frau und stellte den Korb auf die Erde. »Es ist immer dasselbe,

die anderen sind was Besonderes, die anderen haben etwas, was dir fehlt. Und was heißt hier, ob es dein Fehler war, ob sie vielleicht gar sauer auf dich waren. Du bist wie ein Schoßhund, du wartest auf Zuspruch und daß man dir den Kopf streichelt, und hast Angst, daß sie doch zuschlagen. Als wären alle Menschen deine Richter, als wäre jeder, der dir auf der Straße entgegenkommt, dein Vater. Dabei ist der auch nichts anderes als ein komischer alter Kauz. Und dann wunderst du dich, warum immer alles so schlimm ist. Na klar ist das unangenehm, wenn du dich so unterwirfst.«
»Ach, ein Schoßhund?«
»Da brauchst du gar nicht beleidigt zu sein.«
»Und du hast das alles durchschaut?«
»Jawohl.«
»Und wie durchschaut man das?«
»Das weiß ich nicht.«
»Jetzt erzähl's ruhig, wenn du schon mal angefangen hast!«
»Ich habe nicht angefangen.«
»Sag schon! Wie lernt man, daß man von niemandem etwas zu erwarten braucht?«
Meine Frau überlegte.
»Das lernt man, wenn man niemanden mehr hat, von dem man etwas erwarten könnte.«
Mir kam in den Sinn, daß sie ihren verstorbenen Vater meinte, und ich wagte es nicht, weiterzufragen.
»Sicher ist jedenfalls, daß von mir nichts zu erwarten ist«, sagte ich, um das Gespräch irgendwie fortzusetzen. »Ich war Maria keine Hilfe, das steht fest. Wenn sie bei sich zu Hause gestorben wäre, dann wäre das jetzt meine Schuld. Ohne mein Getue mit der Ambulanz wäre sie überhaupt nicht ins Krankenhaus und anschließend nach Hause gekommen.«

»In dem Fall kannst du überhaupt nichts tun.«
»Dabei habe ich schon immer einen Menschen retten wollen.«
»Du hast versucht zu helfen.«
»Das hat nichts mit Helfen zu tun, wenn man einen anderen in einen Krankenwagen schiebt. Ich hätte sie retten müssen.«
»Jetzt rette erst mal dich selbst«, sagte meine Frau.
»Genau«, ereiferte ich mich. »Ich verspreche, daß ich mir keine Sorgen mehr mache.«
»Hör auf zu lügen! Du wirst nie aufhören, dich zu grämen.«
Sie ging in den Hausflur und leerte den Apfelkorb in einen Karton aus. Ich sah ihr zu und fragte mich, ob sie außergewöhnlich klug war, oder ich naiv, ob solche Dinge für die anderen ganz natürlich waren, ob alle anderen wußten, daß man das Leben selbst leben mußte. Auf jeden Fall kam mir in den Sinn, daß ich von nun an alle Ratschläge meiner Frau befolgen würde.
Ich wartete, bis sie zurückkam, dann umarmte ich sie und sagte: »Ich hab das Gefühl, du hast immer recht.«
»Hab ich nicht. Ich habe nur in den Dingen recht, zu denen ich Stellung nehme.«
Ich merkte, daß sie es ernst meinte. Das brachte mich zum Lachen. Auch meine Frau mußte lachen. Aleksi sammelte kleine Steine aus dem Sandkasten und legte sie in den Apfelkorb. Ich setzte mich auf den Rasen und schaute, wie die Welt von hier aussah. Hinter meiner Frau rauschten die Wolken über den Himmel.

III
Februar-Juli 2005

I Meine Frau überreichte mir die Gerichtsunterlagen in einer durchsichtigen Plastikhülle. Ich legte eine fröhliche Platte auf: Elvis. Die wehmütigen Stücke übersprang ich. Es war Samstagmorgen, meine Frau ging mit Aleksi zum Einkaufen. Auch ich hätte Lust gehabt, in die Stadt zu fahren, in den hellen Wintertag hinein, in ein Café zu gehen, Erledigungen für die Familie zu machen.

Als die Platte zu Ende war, rief ich meinen Onkel an. Ich berichtete ihm, daß alles nun endgültig klar sei. Dann schwieg ich und lauschte auf das Rauschen in der Mobilfunkverbindung.

Mein Onkel versicherte, mir würde nichts fehlen, ich würde auch in Zukunft jederzeit an eine Möse herankommen. Seiner Meinung nach bestand mein einziges Problem darin, daß die Frauen jetzt ihre Chance wittern und mit einem Kuchen in der Hand und Vorhangstoff unter dem Arm bei mir eindringen und sich häuslich niederlassen würden. Sie würden sentimentale Platten auflegen und in die Sauna gehen und überall in der Wohnung ihre Ohrringe und Haarbürsten und hellbunten Kleidungsstücke liegenlassen. Wenn ich nicht auf der Hut wäre, müßte ich schon bald zur Kenntnis nehmen, daß schon wieder eine am Küchentisch sitze und mich einen schlechten Zuhörer schimpfe und mitten am schönsten Samstagmorgen brülle, heut wird saubergemacht.«

»Das mußt du vorhersehen«, sagte mein Onkel, »sonst bleibst du nicht hart, wenn es soweit ist.«

Er beschwor mich, hart zu bleiben. Er schwor, auch selbst hart zu bleiben. Ich versprach ihm, es zu versuchen, auch wenn ich die Gefahr nicht für groß hielt. Ich erinnerte mich zugleich, daß mein Onkel nach seiner letzten Scheidung keine einzige Freundin gefunden hatte, die so weit ernst zu nehmen war, daß es bis an meine Ohren gedrungen wäre, und ich sagte, die Gefahr sei auch in seinem Fall nicht sonderlich groß. Mein Onkel sagte, bei Männern wie uns sei die Gefahr immer groß, immer präsent, immer belastend.

Ich hatte zu denjenigen Ehemännern gehört, die glaubten, eine Scheidung könne sie nie treffen. Ich hatte es so sehr geglaubt, daß ich das Gefühl gehabt hatte, unter all jenen blauäugigen Idioten der einzige zu sein, der sich tatsächlich nie scheiden lassen würde. Ich hatte auch dann noch nicht an die Scheidung geglaubt, als wir mit aller Macht darüber stritten, auch dann nicht, als ich abends an Aleksis Bett saß und ihm erklärte, Mama und Papa hätten gerade ein paar Probleme miteinander, aber das habe nichts mit ihm zu tun, und die Probleme würden sich bestimmt legen.

Ich hatte geglaubt, jedes Problem lösen zu können, jede Tat erklären zu können, von jeder Tour zurückkehren und jeden wie früher umarmen und danach stolz am Eßtisch sitzen zu können. Vermutlich fiel es mir leicht, das zu glauben, da ich noch nichts getan hatte.

Nach dem Scheidungsentschluß war ich lediglich stolz darauf, gegenüber der anderen Frau nicht schlecht über meine Frau geredet zu haben. Das hatte nichts mit meinem edlen Charakter zu tun, sondern mit Aberglaube, denn ich hatte Angst, das würde sich rächen. Es wäre tatsächlich überraschend schnell gegangen, denn die andere Frau verließ mich, noch bevor ich den Scheidungsantrag vor mir liegen hatte.

Ich bürdete mir einen zusätzlichen Kredit auf und übernahm das Haus. Meine Frau nahm die besten Möbelstücke mit sowie all die Geschenke, die sie mir im Lauf der Jahre gemacht hatte, CDs, DVDs, die Bright-light-Lampe, den Rasierapparat. Ich unterwarf mich ihren Forderungen und genoß meine Unterwerfung, gerade so als könnte mir für diese meine Unterwerfung später vom Schicksal eine Entschädigung zuteil werden.

Erst als ich alleine war und meine Frau mit ihrem Bruder ihre letzten Sachen geholt hatte, die Einbauschränke, begriff ich, daß es keine Entschädigung geben würde. Es gäbe nur dieses Leben und dieses stille Haus, diese gewöhnlichen Verhältnisse, denen jetzt so gut wie alles Gewöhnliche fehlte.

Mein Onkel rief fast täglich an. Er tröstete mich. Er erinnerte mich daran, daß ich mich nun am Fuße des ersten Anstiegs befände und daß man auf einer langen Tour den ersten Anstieg hinauffliegen müsse, als wäre er gar nicht da.

»Ich kann mir schon denken, daß du auf die Stille im Haus lauschst und dir überlegst, was da früher für Geräusche waren. Und wie jeder in seiner alltäglichen Bahn gelaufen ist. Aber der Alltag geht dir nicht verloren. Du machst weiterhin dieselben Sachen. Bis jetzt hast du auch alles im Haus alleine repariert, und das darfst du auch in Zukunft tun.«

Ich stimmte ihm zu und gab mir Mühe, Leichtigkeit anklingen zu lassen, aber meine Sätze wurden immer wieder von hoffnungslosen Seufzern unterbrochen, und zwischenzeitlich schwieg ich lange.

Mein Onkel akzeptierte diese Erschlaffung nicht. Er behauptete, ich stünde in meinem Leben erst am Anfang, gerade erst seien die Gitter an meinem Bett entfernt worden, in deren Schutz ich fuchteln und wackeln, mich in Verzweiflung wälzen und meine eitlen Sorgen durchhecheln konnte. Jetzt hätte ich endlich den Platz, um ein Mann zu werden, jetzt dürfe ich endlich kommen und gehen und die Welt umarmen.

Ich sagte zu meinem Onkel, ich hätte mich lieber bis zu meinem Lebensende im Gitterbett gewälzt, genau dort wäre es mir gutgegangen. Ich sagte auch, daß ich nicht die geringste Lust hätte, zu kommen und zu gehen, und daß ich keineswegs glaubte, daß die Welt mich in die Arme nehmen wolle.

»In dem Fall hättest du dir ein bißchen früher Gedanken darüber machen sollen, was du tust«, sagte mein Onkel, »nämlich dann, als du zu deinen Abenteuertouren für Ehemänner aufgebrochen bist. Die Verantwortung übernimmt man in dem Moment, in dem die fremde Frau mit gespreizten Beinen auf dem Bett liegt, die Verantwortung in die eine wie in die andere Richtung. Und man trägt sie. Ich sag das jetzt ganz offen. Ich labere dir nichts vor, wie in der Kneipe ein Kerl dem anderen, von wegen, he, Mann, ich bin auf deiner Seite, das hast du ganz richtig gemacht. Obwohl der andere ein Arschloch ist und hinter ihm die Ruinen qualmen. Du mußt selbst die Verantwortung tragen.«

»Ich trage sie ja auch«, versicherte ich. »Und hier qualmen auch keine Ruinen.«

»So habe ich es auch verstanden«, sagte mein Onkel. »Wenn nicht deine qualmt.«

»Auch meine qualmt nicht.«

»Na gut. Und nach dem, was ich bei euch so mitbekommen hab, wäre es früher oder später sowieso passiert. Das ist nur gut für dich.«

Ich fragte ihn, ob er etwa im Ernst meine, die Ehe sei für mich irgendwie schädlich gewesen. Ob er meine, die Ehe sei eine Art beschützende Werkstätte gewesen, und nun erst würde ich das wahrere Leben finden, eine tief aus der Seele hervorquellende Art zu existieren. Mein Tonfall wurde spöttisch, als hätte mein Onkel mir unrecht getan. Am Ende fuhr

ich ihn an, in Wahrheit sei gerade die Scheidung ein Schaden für mich, nur dank meiner Blödheit hätte ich sie überhaupt zugelassen und meine Frau sogar noch dazu ermuntert, als handelte es sich bei dem Ganzen um ein mannhaftes Abenteuer.
Mein Onkel sagte ruhig, aus der Scheidung heraus würden sich noch schöne Dinge auftun, auch wenn ich das nicht glaubte. Was er allerdings selbst nicht wisse, sei, ob es so etwas wie ein eigenes Leben, das ich oder überhaupt jemand finden könne, wirklich gebe. Er habe allmählich den Verdacht, daß es das nicht gebe. Die ersten zwanzig Jahre schaue man sich an, was Vater und Mutter für ein Gesicht machen, dann komme man unter die Menschen und müsse sich in einem fort dieselbe Leier anhören, von wegen recke dich und strecke dich, iß dies und nimm das, und wenn du jenes tust, bist du verrückt. Und zu allem Überfluß heißt es dann noch, »du entscheidest«, und die Zeitungen sind voller Visagen, die erklären, »ich wollte mein eigenes Leben leben«.
»Dabei entscheiden die Menschen über gar nichts. Alle sind nichts als beschissene Minardi-Fahrer ihres eigenen Lebens: sie fahren immer hinterher.«
Ich behauptete, ich würde nicht mehr hinterherfahren, ich sei komplett außerhalb des Lebens gelandet, das mein Onkel und alle anderen Menschen so geläufig führten, auch wenn es gar nicht das eigene sei.
»Du meinst also quasi im Managementbereich beziehungsweise auf der Trainerbank gelandet zu sein«, seufzte mein Onkel.
Ich hielt das Telefon umklammert, starrte ins leere Wohnzimmer und schwieg. Meine Ohren glühten.
»Ich weiß nicht, aber so einsam und hoffnungslos habe ich

mich noch nie gefühlt«, brachte ich schließlich heraus. »Und nie ist mir das Leben so hohl vorgekommen. So halbfertig.«
»Weißt du, es ist die Halbfertigkeit, die den Menschen am Leben hält«, sagte mein Onkel.

Nach dem Telefongespräch mit meinem Onkel, glaubte ich kurz wieder daran, überleben zu können. Schon am nächsten Morgen war der Glaube allerdings verschwunden, und ich wußte, ich könnte ihn nur wiedererlangen, indem ich mit meinem Onkel sprach und von neuem die schweren Kisten in meinem Kopf sortierte, die dann am folgenden Morgen wieder durcheinander wären.
Ich saß da und fuhr mir unablässig mit den Fingern durch die Haare. Jedesmal blieben viele davon zwischen den Fingern hängen.

2 Schnell, schon gut einen Monat nachdem meine Frau und Aleksi gegangen waren, hatte ich genug davon, mich selbst zu bemitleiden. Die hellen Tage Ende März schreckten mich auf, die Heftigkeit des Frühlings, die zum ersten Mal wieder trockenen Straßen. Es kam mir vor, als könne ich mir kein Selbstmitleid leisten.
So wurde ich gesprächig. Plötzlich hatte ich viel zu sagen, besonders zu Frauen. Den beiden jungen Sekretärinnen des Instituts hing ich ständig in den Ohren. Das war eine Überraschung für mich.
Jahre zurückliegenden Freundinnen und Internetbekanntschaften, allen, von denen ich je die Handynummer bekommen hatte, schickte ich eine SMS. Beim Tippen der Nachrichten hatte ich das Gefühl, ein guter Mensch zu sein, der

seine Mitmenschen wahrnahm, ihre Einsamkeit linderte. Allerdings ärgerte ich mich schnell, wenn auf meine Nachricht nicht geantwortet wurde. Ich dachte an die Worte in meiner SMS zurück und fragte mich, was daran eventuell kränkend gewesen war, daß man darauf mit Schmollen reagieren und den Kontakt abbrechen mußte, warum meine Aufrichtigkeit mit Schweigen abgeschmettert wurde; war ich denn bloß eine Spielfigur?

Über kurz oder lang piepste mein Telefon dennoch; eine antwortete immer. Ich schaute auf den Namen der Absenderin und nickte zufrieden. Ich öffnete die Mitteilung nicht sofort, sondern sparte sie mir auf und betrachtete den Frauennamen auf dem Display. Da war er wie ein kleiner Vogel auf der Stange meines Käfigs.

Bisweilen verschickte ich an einem Abend über fünfzig SMS. Erst mitten in der Nacht fuhr ich aus meiner Geschäftigkeit hoch, schaltete das Telefon aus und sah mich im Zimmer um. Es rauschte in meinem Kopf. Ich dachte noch einmal an all die Frauen, an die ich eine Nachricht geschickt hatte, und begriff, daß sie nicht mit mir und ich nicht mit ihnen.

Am nächsten Morgen war alles wie zuvor, ich ging zu Fuß zur Arbeit, quasselte meinen Kurs herunter, saß in meiner Box am Schreibtisch und schob Papiere hin und her. Ich dachte nicht an Frauen, nicht einmal an die jungen Studentinnen, die zu jung geworden waren. Am ehesten dachte ich an die beiden Sekretärinnen, und dann ging ich zu ihnen, um mich mit ihnen zu unterhalten.

»Na, Mädels, was machen wir jetzt, wo Elizabeth die Hochzeit von Charles boykottiert«, sagte ich und warf die neuen Ausgaben der beiden Boulevardzeitungen auf den Tisch.

»GmaAv«, sagte die Jüngere und fing an, in einer der Zeitungen zu blättern.

»Genau. GmaAv«, sagte auch die andere und schlug die andere Zeitung auf.

3 Am Samstag, den neunten April wurden Charles und Camilla getraut. Ich hatte gar nicht die Absicht, mir die Hochzeit anzuschauen; zwei Jahre zuvor hatte ich versucht, die Hochzeit des spanischen Kronprinzen zu verfolgen, aber ich hatte nichts dabei empfunden. Auch meine Frau hatte, als wir uns die Hochzeit ansahen, beklagt, es fehle etwas, im Gesicht der Braut glühe keine echte Liebe.

Nicht einmal mehr auf Dianas Beerdigung hatte ich mich konzentrieren können. Zwar war es meine Absicht gewesen, die Übertragung von Anfang bis Ende zu verfolgen, aber meine Aufmerksamkeit erlahmte, ich switchte zwischen den Kanälen hin und her und sah mir die Wettergebnisse im Videotext an. Immerhin hatte ich gesehen, wie Charles und die Jungen hinter Dianas Sarg hergingen, auf von Menschen gesäumten Straßen, und wie in der Menge der Trauergäste mindestens Tom Hanks, Steven Spielberg und Arnold Schwarzenegger aufblitzten. Ich erinnerte mich auch, daß Mutter Theresa zur gleichen Zeit gestorben war und daß Diana nur wenige Wochen zuvor bei der Beerdigung des Modedesigners Versace gesehen worden war, an der auch Elton John teilgenommen hatte, welcher bei Dianas Begräbnis ein Lied sang, das er für Marylin Monroe komponiert hatte.

Am Tag der Hochzeit konnte ich mir dennoch nicht verkneifen, den Fernseher einzuschalten. Charles und Camilla wurden gerade mit dem Bus zum Rathaus von Windsor gebracht; ich erinnerte mich, daß Diana in einer von Pferden gezogenen Prinzessinnenkutsche befördert worden war. Die

Kameras durften nicht in das Standesamt hinein, aber ich konnte noch sehen, daß Camilla ausgeglichen und glücklich wirkte, Charles ebenso, soweit sein Gesicht derartige Empfindungen zum Ausdruck zu bringen vermochte.
Auch ich empfand so etwas wie Freude angesichts des pragmatischen Handelns zweier erwachsener Menschen. Wenn die Hochzeit von Charles und Diana für ein Märchen gehalten worden war, dann schien diese Trauung nun die Botschaft der Mäßigung und der Milde zu verkünden. Ich bekam gute Laune, als ich bemerkte, daß diese Ehe, die viele für ein Zeichen der Skurrilität unserer Zeit hielten, womöglich ein Zeichen für die Nüchternheit und Illusionslosigkeit der Gegenwart sein mochte.
Die Übertragung der Hochzeit endete überraschend abrupt. Darum schaltete ich den Computer an und verfolgte im Internet die Diskussionen zum Thema. Sie waren in vollem Gange. Viele Pseudonyme schienen Diana höher zu schätzen als Camilla, andere wiederum erinnerten daran, daß Camilla als Persönlichkeit einen in sich stimmigeren, glaubwürdigeren Eindruck mache.
Das Pseudonym »Charles von der Seite beobachtet« verdammte die gesamte Diskussion. Es sagte, keiner der Diskutanten habe Diana gekannt oder kenne Camilla, und Charles kennten sie schon gar nicht. Das Pseudonym erzählte, Charles habe eine strenge und einsame Kindheit gehabt, das Leben eines Königlichen sei außerordentlich anspruchsvoll, und Charles habe unter all den starken Vorbildern Jahre gebraucht, um seine eigene Identität zu finden, weshalb wir ihm die Ruhe gönnen müßten, seine eigenen Entscheidungen zu treffen, jetzt da er endlich dazu fähig sei, ganz gleich, ob sie nun richtig seien oder falsch. Und daß wir nicht so das Maul aufreißen sollten.

Der Kommentar ging rasch in neuen Wortmeldungen unter, die wieder darüber zankten, wer besser sei, Diana oder Camilla.

Am Montag lobten die Sekretärinnen das Kleid der Braut. Ihrer Meinung nach brauchte Camilla in den Zeitungen und auf den Karikaturen, die per E-Mail herumgeschickt wurden, gar nicht mit einem Pferd verglichen zu werden.
»Die Leute dürfen das Alter nicht vergessen«, sagte die eine. »In dem Alter wäre auch Diana nicht mehr unbedingt so schön gewesen.«
Die andere stimmte zu und sagte, ihrer Meinung nach sei die Hochzeit von Charles und Camilla eine Märchenhochzeit gewesen.
»Immerhin haben sie jahrelang aufeinander gewartet.«
Ich spürte, wie meine Augenwinkel feucht wurden, nicht so sehr wegen der Märchenhochzeit von Charles und Camilla, sondern wegen der unerwarteten Wärme, die dem Paar von den Sekretärinnen entgegengebracht wurde. Ich hatte das Gefühl, auch ich mit meinen 39 Jahren könnte in den Umkreis dieser überraschenden Milde gelangen. Schließlich mußte ich den Raum verlassen, weil die Anfälle der Rührung mein Gesicht zum Zucken brachten und die Augenwinkel spannen ließen.
In der Zeit nach der Scheidung war ich außergewöhnlich leicht in Tränen ausgebrochen. Wenn ich Zeitung las, wurde ich immer wieder von Tränenaufwallungen unterbrochen, ebenso beim Fernsehen. Schon allein die arglose Miene eines Reporters, der vor den verschlossenen Türen eines Verhandlungsraums, in dem um das Ende eines Streiks gerungen wurde, einen Livebericht gab, löste bei mir untröstliches Schluchzen aus.

Bisweilen gelang es mir, diese einsamen Tränenausbrüche unter Kontrolle zu halten, indem ich mir die unschönen Züge meiner Frau in Erinnerung rief. Ich beschwor mich, sie zu hassen. Das funktionierte keineswegs so mühelos wie während der Ehe. In der Ehe konnte ich meine Frau zum Abschluß eines ganz alltäglichen Streits hassen, aber jetzt war es schwer, mich in einen Zustand zu bringen, in dem ich ihre Gemeinheit lebhaft spürte.

Außerdem stammten die kränkendsten Worte meiner Frau aus der Zeit unmittelbar vor der Scheidung, und an diesen Worten war ich mit schuld. Am leichtesten kam mir in den Sinn, was sie auf meinen Vorschlag erwidert hatte, wir sollten uns um Schlichtung bemühen, einen Ehetherapeuten aufsuchen, die Praxis eines professionellen Helfers: DAS KANNST DU VON MIR AUS ALLEINE TUN. Die Erinnerung an diese Abfuhr ließ meine Heulanfälle keineswegs versiegen.

Ich war also gezwungen, den Raum zu verlassen, aber wenn ich es bei meiner Rührung vermocht hätte, hätte ich den Sekretärinnen erklärt, daß die Hochzeit von Charles und Camilla für mich nichts Märchenhaftes hatte und daß genau darin das Schöne und Tröstliche lag. Für mich suchte Charles bei Camilla Mäßigkeit und inneren Frieden, und danach sehnten wir uns alle, nach etwas, das uns beschwichtigt, das uns daran erinnert, daß alles letztlich doch gut ist, jetzt, in diesem Moment.

Ich wußte, daß man keinen endgültigen inneren Frieden finden konnte, und ich glaubte, daß auch Charles es wußte, aber ich sehnte mich nach dem Frieden des Augenblicks, und was sonst hätte Charles sich wünschen sollen. Nach Liebe sehnte er sich nicht. Die Liebe ist ein Weg, der von rosa Flausch gesäumt wird, aber dieser Flausch ist nichts als Napalm, und dieses Napalm brennt – ein Fehltritt, und du wachst ein halbes Jahr lang von deinen eigenen Schreien auf und das zweite halbe Jahr vom Weinen. Mäßigkeit war es, was Charles sich wünschte, Mäßigkeit und inneren Frieden.

4 Im Mai, während der Eishockey-WM, fuhr ich zu meinem Onkel. Er hatte sein Studio verkauft und war nach Raisio gezogen, in ein Einzimmerapartment, wo eine Matratze auf dem Boden lag und vor der Kochnische ein Tisch stand, eine Spanplatte auf zwei Böcken, die wackelte, wenn man sich darauf stützte.

Mir ist in Erinnerung geblieben, wie in der gesamten Etage jedesmal Getöse erscholl, wenn Finnland ein Tor machte. Ansonsten war es still im Haus. Auch der Parkplatz sah seltsam verlassen aus.

Ich hatte oft mit meinem Onkel am Telefon gesprochen, aber jetzt, als ich ihn sah, begriff ich, daß seit der letzten Begegnung mindestens ein Jahr vergangen war. Er hatte zugenommen. In den Drittelpausen betrachtete ich seine Wangen und seinen Hals, die aufgedunsene, leblose Haut, aus der die Oberflächenspannung eines gesunden Menschen ganz und gar gewichen zu sein schien.

Schon als ich kam, hatte ich die Fototasche in der hintersten Ecke gesehen, aber erst am Abend, als mein Onkel betrunken war, traute ich mich, ihn nach seiner Arbeit zu fragen.

»Nicht ein Bild hab ich gemacht«, sagte er. »Wozu sollte ich Bilder machen? Alles ein einziger verdammter Witzwettbewerb. Wo sind die guten Bilder und wo die guten Geschichten? Nirgendwo. Alle möglichen Blumenmaler bauen am Straßenrand eine Ausstellung auf, Eintritt frei, stell dir vor, als würde ich auch noch dafür bezahlen, daß ich mir die Scheiße angucke. In Buchhandlungen verkaufen sie neuerdings Federbälle und Luftmatratzen, ich versuch mich selbst zu finden, da sagt man mir, fang an zu spielen, kauf dir einen Federball. Überall Gequatsche, aber keiner hört zu. Ein Mann sitzt auf einer Parkbank und sagt Wahrheiten, aber das ist nichts, die Bank müßte zittern dabei. Rauch steigt auf, und die Bänke schaukeln. Scheißdreck!«

Der Spanplattentisch wackelte unter den Ellbogen meines Onkels. Er drehte sich um und sah aus dem Fenster hinaus in die Dämmerung vor dem Wohnblock.

»Falls ich noch einmal irgendwann zur Nikon greife, dann mache ich ein Bild, daß euch allen die Tränen kommen. Nicht diese Karussellichter, diesen Kitsch. Ich fotografiere das Licht im späten Winter, wenn der Herr des Hauses gestorben ist und im Wohnzimmer weiße Decken auf den Tischen liegen. Dieses Licht kriege ich noch einmal hin. Es steckt zwischen den Gehirnfalten, aber darüber liegt Gerümpel, die Schläfen knirschen. Man müßte sich nur auf das Wesentliche konzentrieren, man müßte bloß sein wie Frontsoldat Määttä, der sagt: Macht ja eine unglaublich große Wolke, diese Bombe, während die anderen die Landkarte studieren und sich über unwesentliches Zeug den Kopf zerbrechen.

Die Gestalt meines Onkels sah imposant aus vor dem Fenster, wie ein Indianer, auf dessen Nase das blaue Licht des Abends leuchtet. Als er sich umdrehte und ich ihn wieder im Licht der Küchenlampe sah, kamen mir ganz andere Gestalten in den Sinn: die Männer aus den Nachtasylen.

Das Händeschütteln begann um Mitternacht. Immer wenn sich unsere Blicke trafen, streckte mein Onkel die Hand aus, als hätte er sich gerade an mich erinnert oder als hätten wir gemeinsam etwas Großes erreicht. Beim Händeschütteln bedankte er sich bei mir und sagte, ich sei ein großartiger Mann. Ich wand mich ein bißchen.

»Na ja«, äffte mich mein Onkel nach. »Hast du sonst nichts zu sagen? Wenn die Männer von der Fernpatrouille die Bahnlinie in die Luft sprengen und der Oberst sie lobt, gut gemacht, Jungs, murmeln die dann vielleicht ›na ja‹? Nimm das Lob an! Ein ganzer Kerl und hält nix von sich!«

Mein Onkel musterte mich über den Tisch hinweg ausdruckslos. Es kam mir vor, als redete er mit sich selbst. Ich wollte mich an dem Gespräch beteiligen.

»Wie geht's dir denn hier so?«

»Ach hier?« wunderte er sich und blickte sich um.

»Oder so allgemein.«

»Sehr gut«, sagte er und sah mich hilflos an. Als ich nichts entgegnete, erzählte er mir, was für ein glücklicher Mensch er sei; wie gut die Scheuerstellen unter dem Halsband verheilt seien und daß er endlich wieder fähig sei, sich zwischen die Buchseiten der Welt zu schieben, und am hellichten Tag in Unterhosen dasäße und über den Gedanken schmunzle, daß im Schrank eine ungeöffnete Flasche Korn auf ihn warte. Er wisse seine Freiheit bereits zu schätzen und erinnere sich noch allzu gut, was für großartige Erklärungen er immer gebraucht habe, wenn er irgendwo hingegangen sei, und wie viel er nach seiner Rückkehr jedesmal habe lügen müssen; das vermisse er kein bißchen. Und warum solle er überhaupt ein Schuldgefühl mit sich herumtragen, er sei schließlich ein ausgewachsener Mann, und sie, die andere, sei wie Marmorstein. Es sei ja nicht allein er gewesen, der sich entfernt und sich wieder angenähert habe, der geschwankt habe und unschlüssig gewesen sei, sie fühle genauso, die Frauen fühlten genauso. Auch wenn es nicht so aussehe. Bevor sie alt sind.

Er war der Meinung, daß man einer Frau erst mit siebzig ansah, was Frauen wirklich dachten, und erst recht denjenigen, die noch älter waren, die Jesus bereits in Empfang nahm.
»Das glaube ich«, sagte ich.
»Das sollst du auch.«
»Ich meine, daß du klarkommst.«
»Und ob ich klarkomme! Bei mir ist alles in Ordnung. Das einzige Problem des ledigen Mannes besteht darin, daß er vergessen hat, mit wie wenig Möse ein verheirateter Kerl auskommt.«
»Also wie jetzt?«
»Denk mal darüber nach!«
Ich fing an darüber nachzudenken, aber mein Onkel redete bereits weiter, er erklärte, in seinem Leben seien bis jetzt nur zwei Wünsche unerfüllt geblieben: Er wolle oben auf einer Sprungschanze vögeln und in einem weißen Zimmer, durch dessen Fenster man den Dom sehen könne. Auf der Sprungschanze würde er die Frau im Moment des Orgasmus auf die Spur stoßen; den Dom würde er sich einfach so angukken, er würde auf das Dröhnen der Glocken hören und versuchen, ihren ewigen Rhythmus zu erreichen.
Ich gab zu, daß seine Fantasien großartig waren. Mein Onkel verstummte und starrte aus dem Fenster.
»Aber wo ist es hin, das Händehalten? Sag mir, wo es hin ist? So selbstverständlich hätte das alles nicht sein sollen. Auch wir hätten wer weiß wie viele Geheimnisse gehabt. Wenn man es jetzt bedenkt. Aber wo ist sie hin, die Zeit, in der es reichte, daß man sich die Hände hielt und einander in die Augen schaute?«
Ich nickte und starrte vor mich hin und versuchte mir ins Gedächtnis zu rufen, ob ich je die Hand meiner Frau gehal-

ten und ihr dabei in die Augen geschaut hatte, und was das für ein Gefühl gewesen war.
Mein Onkel erzählte, er sei kürzlich an der gemeinsamen Wohnung vorbeigefahren. Im Fenster habe Licht gebrannt, und dann habe er sich vorgestellt, wie es wäre, wenn er jetzt einfach auf das vertraute Gelände einböge.
»Ich dachte, jetzt geh ich rein. Ich geh in den ersten Stock hinauf und leg mich aufs Bett. Und wenn die Alte in der Tür steht, schaue ich ihr in die Augen und sage, das war vielleicht eine Tour. Und bleibe dort wohnen. Und bin genauso, wie ich bin, und ihr neuer Mann ist so, wie ich hätte sein sollen.«
Mein Onkel wirkte einsam, wie er da an seiner Spanplatte saß, mit aufgesprungenen Lippen und ungekämmten Haaren, in der einen Hand eine leere Flasche, in der anderen ein leeres Glas. Ich stand auf und klagte über Müdigkeit, holte meine Isomatte und breitete sie neben der Wand aus.
»Morgen ist ein neuer Tag.«
»Nein«, sagte mein Onkel.
Er blieb am Tisch sitzen und redete noch lange weiter, ich wälzte mich auf meiner dünnen Isomatte und hörte ihm durch meine Müdigkeit hindurch zu. Ich hatte das Gefühl, der Schlaf läge in einem Klumpen auf dem Fußboden und reichte nicht für die ganze Nacht. Zwischendurch machte ich die Augen auf und betrachtete den Staub auf dem Fußboden aus der Nähe.
Mein Onkel rüttelte mich an der Schulter.
»Laß uns tanzen gehen.«
»Wir können doch um diese Zeit nirgendwo hingehen«, bekam ich heraus. Ich war so müde, daß ich auf alle Vorschläge in vollem Ernst antwortete.
»Komm schon. Einmal noch, Kameraden! Auf die Knie mit

euch! Betteln wir um die Spalte im Fleisch! Sagen wir unsere Gedichte auf, errichten wir unseren Tempel in der Kneipenecke und essen wir und trinken wir und fahren wir mit dem Taxi! Und an den Augen der Frauen lesen wir ab, wie herum wir das Boot drehen müssen, aus welcher Richtung der Wind heute bläst.«

Mein Onkel ließ sich auf das Fußende der Isomatte fallen.

»Was ist schon dabei? Warum Opfer bringen? Wenn sie doch bloß daliegt wie ein Plattfisch. Und sich überlegt, wie sie wahrgenommen wird. Wie sie wahrgenommen wird, verdammte Scheiße! Im Dunkeln unter der Decke! Schwätzt von der Gleichberechtigung der Frau, aber diese Gleichberechtigung muß man ins Bett mitbringen, dorthin, wo man nebeneinander liegt.«

»Das kann durchaus so sein«, sagte ich.

»Da rennen sie durch die Gegend und suchen die Stelle, wo man aufs Karussell kommt. Aber kaum sind sie drauf, schämen sie sich, von wegen, was sie jetzt schon wieder machen und ob sie nicht etwa zu dick sind. Ich mache Stöße wie der Teufel, und am anderen Ende wird nur geschielt, von wegen was denkt man jetzt von mir und was könnte ich noch kriegen, wo ist das nächste Fahrgeschäft. Die ganze Bande wird langsam dermaßen verrückt, die könntest du komplett zum TV-Psychologen schicken.«

Auf einmal schien mein Onkel müde zu werden. Er saß am Fußende der Isomatte, ließ den Kopf hängen und starrte auf den Boden. Ich schloß die Augen und versuchte zu schlafen. Als ich die Augen das nächste Mal öffnete, schaute mich mein Onkel an und sagte:

»Wo ist sie hin, die tiefe, innere Freude?«

Ich schlief einige Stunden, dann endete der Schlaf, wie wenn man mit einem Schritt die Rolltreppe verläßt. Mein Onkel schlief auf dem Teppich in der Diele. Er hielt beide Hände unter der Wange, wie Kinder, wenn sie im Kindergarten Häschen spielen. Ich trank Wasser aus dem Hahn. Hinter den leeren Schnapsflaschen fand ich eine Packung Salzstangen und aß welche davon. Um acht nahm ich meinen Rucksack und machte einen Schritt über die ausgestreckten Beine meines Onkels hinweg zur Tür.

5 Im Juni erhielt ich von meinem Onkel fünf SMS. Ich bewahrte sie alle auf.

Die erste kam am Anfang des Monats: WAR BEIM ABENDMAHL. KÖNNTE ICH DEN MENSCHEN IMMER SO BEGEGNEN, WÄRE ICH SCHON ZIEMLICH WEIT.

Die zweite kam noch am selben Abend: DAS WORT IST GLAUBWÜRDIG UND WERT, DASS MAN ES BEHERZIGT: CHRISTUS JESUS IST IN DIE WELT GEKOMMEN, UM DIE SÜNDER ZU RETTEN. VON IHNEN BIN ICH DER ERSTE. 1 TIM 1:15.

Ich antwortete meinem Onkel nicht. Ich wußte nicht, was ich über seine Nachrichten denken sollte.

Die nächsten beiden Mitteilungen bekam ich Mitte Juni. Sie kamen mir schon bekannter vor. Die erste war nach drei Uhr nachts abgeschickt worden: SOLANGE ICH EHRLICH BIN, BESCHÜTZEN MICH DIE ENGEL, MEIN STRUMPF IST KAPUTT UND MEIN HEMD SPRÖDE.

Die zweite kam eine halbe Stunde später: TRINKE BRANNTWEIN, DENKE AN DIE LIEBE UND DIE SEXUELLEN MINDERHEITEN AUF DER WELT. SCHLAFT, IHR VERDAMMTEN KARNICKEL!

Bis Mittsommer ging ich in die Universität. Ich fühlte mich wohl in meiner klimatisierten Box. Sie war der einzige Ort in der ganzen Stadt, der mir gehörte. Mein Zuhause kam mir fremd vor, die Stadt vollkommen provisorisch. In den Jahren unseres Familienglücks war mir dieses Provisorische nicht aufgefallen, es war erst mit dünner werdendem Alltag wie Treibholz aus dem Sand nach oben gespült worden. Die einzige dauerhafte Beziehung in der Stadt hatte ich zu einem Bankangestellten, und das einzig Dauerhafte daran waren die Zahlen in seinen Unterlagen. Meine Kollegen standen mir so nahe wie das Kassenpersonal im Supermarkt an der Ecke.

Kurz vor Mittsommer hielten sich nur wenige Kollegen am Institut auf. Diejenigen, die ich sah, sprachen alle vom Sommerurlaub, von dem sie sagten, sie warteten schon sehr darauf. Mir fiel es sehr schwer, zu ihren Worten zu nicken, geschweige denn, daß ich selbst dergleichen hätte sagen können.

Ich nahm alle Bücher aus dem Regal, die ich mir für meine Doktorarbeit aus der Bibliothek geliehen hatte, und brachte sie zurück. In den meisten hatte ich nicht einmal geblättert. Ich verstand nicht, warum ich Sätze aus Büchern picken und in einem neuen Buch versammeln sollte. Es gab so viele wissenschaftliche Studien auf der Welt, daß nicht einmal die Leute aus dem jeweiligen Fach alle lesen konnten, bestenfalls einen Blick hineinwerfen, um zu sehen, ob jemandem ein besseres Thema eingefallen war, zugkräftiger und leichter zu finanzieren.

In der Nacht wachte ich auf und schämte mich für alles, was ich tagsüber getan hatte. Ich dachte an die Menschen zurück, denen ich begegnet war, und an die Dinge, über die ich mit ihnen gesprochen hatte, und ich nahm mir vor, von nun an nicht mehr die Nähe der Menschen zu suchen, sondern einen weiten Bogen um sie zu machen, wie ein mißtrauischer Wolf im tiefen Wald. Ich sah mich selbst bereits als Wolf, mein Kopf war der Kopf eines Wolfs und meine Schultern die Schultern eines mißtrauischen Wolfs. Ich lag im Halbschlaf und spürte, daß ich etwas Wesentliches begriff, aus dem ich doch noch ein Thema für meine Doktorarbeit machen konnte, darum streckte ich mich, nahm einen Zettel aus der Nachttischschublade und machte mir eine kurze Notiz: DIE ENTSTEHUNG DES WERWOLFMYTHOS.

Ich ersetzte das Schreiben von SMS durch das Fernsehen. Alle Sendungen waren mir recht, teefarbene Gerichtsdramen und graue deutsche Krimis, bläuliche Quizsendungen, in denen einer jaulend ausrief, was die anderen gewinnen konnten, nachtfarbene Thriller und die gut ausgeleuchteten Programme im Shopping-TV, die nach Mitternacht gezeigt wurden. Als ich schließlich den Fernseher ausschaltete, tat mir der Kopf weh, und ich konnte nicht begreifen, daß ich mir das alles angeschaut hatte.

Die einzige Sendung, die mein Gemüt beruhigte, war der Wetterbericht. Ich vermutete, daß es mit der Karte zu tun hatte. Ich fand es angenehm, eine Gesamtvorstellung vom Geschehen zu bekommen. Ich wünschte mir mehr Formate wie den Wetterbericht, wo jemand vor einer Karte stand und sagte, wie es war.

Bisweilen schrieb ich zwischen zwei Sendungen und in den Werbepausen die ein oder andere SMS, aber das machte mich unruhig, und ich konnte mich weder auf das eine noch auf das andere konzentrieren.

Seit ich meinen Onkel besucht hatte, war ich seltsam antriebslos. Ich hatte auf so gut wie nichts Lust, und für das bißchen, das blieb, meinte ich keine Zeit zu haben. Wenn ich morgens aufwachte, befand ich mich bereits so tief in einer Landschaft, daß ich nicht mehr sah, was vor mir lag. Ich ging in die Uni, obwohl ich dort nichts zu tun hatte. Auf der Hin- und Rückfahrt hatte ich das Gefühl, es könnte doch noch klare, deutliche Aussichten geben, aber nicht hier, sondern einen Kilometer entfernt, gleich hinter diesen Autos. Dort würde sich jene freie Straße auftun, die leicht zu fahren wäre.

Die kleinsten Dinge ermüdeten mich, jedenfalls kam es mir so vor. Ich hatte keine Lust, Essen zu machen, vollkommen unmöglich erschien es mir, Kartoffeln zu kochen. Schwer war auch die Notwendigkeit, frühstücken oder von einem Raum in den anderen gehen zu müssen – so tödlich viele Male hatte ich schon gefrühstückt und die Räume in diesem Haus durchlaufen. Wenn ich vor einem Becher Joghurt am Tisch saß und feststellte, daß der Löffel fehlte, war ich niedergeschmettert, ich verstand nicht, wie das Schicksal so grausam zu mir sein konnte.

Momentweise war ich sicher, daß es sich bei diesen Zuständen um Symptome von Depression handelte und ich Behandlung nötig hatte. Im nächsten Augenblick war die Sicherheit allerdings verschwunden, und ich hatte Angst, etwas für Depression gehalten zu haben, was bloß Faulheit war und alltägliche Stimmungsschwankung, daß ich mich dem Selbstmitleid überlassen und um Hilfe gebettelt hatte, obwohl es um mich ebenso gut stand wie um andere, die sicherlich ebenso deprimiert und müde waren.

Überhaupt glaubte ich nicht, daß es jemanden gab, der über diese Müdigkeit hinaustreten und mir von dort aus helfen könnte und Erbarmen mit mir und uns allen haben würde.

Wo sollte es so einen gesunden, erwachsenen Menschen denn geben?

6 Am Tag vor Mittsommer kaufte ich mir beide Boulevardzeitungen. Ich hielt sie für geeignet, mir am Feiertag Gesellschaft zu leisten. Ich hob mir die Zeitungen für den frühen Abend auf, für die Stunde, in der das Volk sich auf das Fest vorbereitete. Ich blätterte sie rasch durch, betrachtete die Bilder, all die unnatürlich lang aussehenden Gesichter von Zwanzigjährigen. Alle hatten die Haare durcheinander, und alle schauten in die Kamera, als versuchten sie etwas zu sein, ich wußte nicht genau, was, hatte aber den Eindruck, daß sie es selbst nicht wußten. Ich las die Bildunterschriften und dachte darüber nach, wer diese Volkshelden waren.
Ich aß Nudeln, Pesto und Parmaschinken. Dafür deckte ich den Gartentisch. Der Himmel zog sich zu, Wind kam auf. Die Einfamilienhaussiedlung um mich herum wirkte verlassen. Ich blickte zum Gartentor und richtete mich auf, für den Fall, daß jemand vorüberging und einen Blick in den Garten warf.
Ich bekam eine SMS von meiner Mutter und eine von meiner Kusine. Meine Mutter wünschte mir einen schönen Johannistag, meine Kusine ein schönes Mittsommerfest. Ich überlegte, was ich ihnen antworten sollte. Meine Kusine hätte ich gern gefragt, wo in Finnland sie sich gerade aufhielt, traute mich aber nicht, weil ich Angst hatte, es könnte aufdringlich wirken. Ich beschloß, beiden ein recht schönes Mittsommerfest zu wünschen.
Meinen Onkel versuchte ich anzurufen, aber er meldete sich nicht.

Am Abend wurde es im Wohnzimmer dämmrig wie an einem Wintertag. Ich hatte den Fernseher lautlos gestellt und blätterte in alten Fotoalben. Großmutter deckte den Tisch. Mein Onkel zeigte seine Muskeln. Ich schaute mir die Fotos genau an und suchte etwas in ihnen, etwas, das mir zuvor nicht aufgefallen war, ein Detail, das mich wieder in das Bild zurückversetzte.

Die jüngsten Bilder von den Verwandten stammten vom Ende der 90er Jahre. Die Männer standen vor dem Haus der Tante, mit straffen Krawatten und mit Gesichtern, als wäre das ganze Wochenende im Eimer. Ich lachte laut, als ich die Mienen der Männer betrachtete. Das Grüppchen stand locker beieinander, jeder hatte zwei Meter leeren Raum um sich. Die Welt schien bis zum Rand voll zu sein von diesen einsamen Männern. Ich erschrak über mein Lachen. Es klang sonderbar.

In der Nacht bekam ich eine SMS von meinem Onkel: ICH BIN GLÜCKLICH, FERN VON ALLEM ÜBEL, ABER NAHE GENUG DRAN.

Am Mittsommertag selbst ging ich nicht aus dem Haus. Aleksi rief am Abend an. Beim Plaudern rief ich mir in Erinnerung, daß er schon ein großer Junge war, und dementsprechend versuchte ich mit ihm zu reden.

Am Sonntag klarte der Himmel auf. Ich wischte die Gartenstühle ab, trug das Geschirr nach draußen und setzte mich zum Essen an den Tisch. Im Haus klingelte das Handy. Ich weiß noch, daß ich laut seufzte.

An der Stimme meiner Mutter hörte ich sofort, daß etwas passiert war. Als erstes kam mir in den Sinn, daß es mit meinem Vater zu tun haben mußte. Dann dachte ich, es hat mit Mutter selbst zu tun. Dann erschrak ich, denn es hatte mit

etwas ganz anderem zu tun. Meine Mutter sagte, mein Onkel sei in der Nacht im Treppenhaus gestürzt und tot.
Ich saß im Wohnzimmer auf der Couch. Ich hielt das Telefon am Ohr und die Augen zusammengepreßt. Ich fühlte nichts, abgesehen von einem kleinen Gefühl der Unzulänglichkeit, weil mir nichts einfiel, das ich sagen konnte.

7 Im hintersten Raum war das Licht so hell, daß es die Augen trübte. Als die spülbeckenfarbene Fläche hervorglitt, wandte ich den Blick ab. Ich mußte mich zwingen, hinzuschauen.
»Möchten Sie ihn berühren?« fragte der Krankenhauspfarrer.
Der Vorschlag war so überraschend, daß ich ohne Scheu antworten konnte. Ich sagte, mein Onkel habe sich nichts aus Berührungen gemacht.
»Aber Sie machen sich vielleicht etwas daraus.«
Ich starrte den Pfarrer an. Mir kam in den Sinn, daß er womöglich etwas verstand, das ich erst später verstehen würde, darum nickte ich, hob den Rand des Tuches an und legte meine Hand auf die Schulter meines Onkels.

Ich bat darum, die Angelegenheiten meines Onkels regeln zu dürfen. Noch in derselben Woche ging ich ins Pfarrhaus, zur Bank, zur Versicherung, zur Rentenkasse, ich kündigte die Wohnung, den TV-Anschluß, Strom und Telefon und die Zeitung, und ich rief bei den Blättern an, für die mein Onkel in den letzten Jahren fotografiert hatte und deren Honorarbelege ich in seinen Schubladen fand. Es gab viel zu erledigen, und ich erledigte es gut, besser und beflissener als meine eigenen Sachen. Mir fiel ein, daß sich mein Onkel selbst nie um solche Dinge gekümmert hätte, und wurde darum zornig auf ihn. Ich begriff auch, daß ich, der ich meine Angelegenheiten immer irgendwie erledigte, mich für nachlässig hielt, während mein Onkel, der sich um nichts gekümmert hatte, nie etwas von Nachlässigkeit gesagt hatte, und ich fragte mich, was ich darüber denken sollte.

Ich ging die Papiere meines Onkels durch, es waren drei Kartons voll. Ich sah mir die Schulzeugnisse und in den alten Fotoalben die vergilbten Klassenbilder an, auf denen ich meinen Onkel lange suchen mußte. Ich drehte alte Zeitungsausschnitte um und versuchte zu erraten, warum mein Onkel sie aufbewahrt hatte. Ich betrachtete jedes verknickte Foto und blätterte jedes Heft durch und ließ die kleinen Gegenstände, die ganz unten im Karton lagen, in den Händen kreisen, die Schlüsselanhänger, Sicherungen und unidentifizierbaren Metallteile. Als die Kartons leer waren, kamen mir die Tränen.

Ich legte die Papiere zurück und nahm die Kartons mit. Spät in der Nacht kam ich zu Hause an. Ich fuhr am Supermarkt vorbei, parkte am Rand des Parkplatzes und schob den Inhalt der Kartons bündelweise durch die Öffnung des Altpapiercontainers. Zum Schluß trat ich die leeren Kartons platt und brachte sie zum Pappcontainer.

Nur ein einziges Bild behielt ich, einen großen Schwarzweißabzug, auf dem mein Onkel inmitten anderer junger Leute neben einem Bus stand. Für mich sah es aus, als hätte keiner der jungen Leute auf dem Bild begriffen, was für ein Mensch mitten unter ihnen stand. Allmählich beschlich mich das Gefühl, es selbst nicht begriffen zu haben. Mit allen Mitteln, mit seinem ganzen Leben hatte mein Onkel versucht mir einzutrichtern, was für ein Mann er war, und ich kapierte es erst jetzt, da jene Tage dahin waren, jene Monate, jene Jahre.

8 Die Beerdigung fand am ersten Freitag im Juli statt. Aleksi versprach mitzukommen, obwohl er am Telefon etwas von Fußball und Freunden nuschelte. Im Auto saß er still auf seinem Platz und starrte in seinen Schoß. Ich hoffte, sein Verhalten habe mit der Beerdigung zu tun, mit der Nähe des großen, geheimnisvollen Todes, aber allmählich bestätigte sich, daß die Schweigsamkeit nichts anderes war als allgemeines Schmollen wegen des frühen Aufstehens und weil das Fußballtraining abgesagt werden mußte. Ich beschloß, mich in sein Schmollen nicht einzumischen.
Der Morgen war schön, ich betrachtete die Landschaften entlang der Straße und schwor mir, auch in Zukunft früh aufzustehen, um solche Sommermorgen sehen zu können. Der Wagen lief gut, ein tannengrüner Peugeot 304, Baujahr 1972, das gleiche Modell, das meine Großeltern seinerzeit gefahren hatten. Ich hatte das Auto übers Internet gefunden. Es roch sogar wie der Peugeot meiner Großeltern. Ich genoß es, auf dem hellbraunen Polster zu sitzen, Eis zu essen und im Radio Schlager aus den 70er Jahren zu hören. Seit der Scheidung waren diese Situationen im Auto mit Eis und Schlagern häufig geworden.
Hinter Tampere hielt ich es nicht mehr aus, ich fing an, Aleksi für sein Verhalten zu tadeln. Im Rückspiegel sah ich, daß er erschrak, und ich bereute sofort meinen Tonfall. Ich versuchte dem Gespräch eine muntere Wendung zu geben, wie unter Männern. Ich sagte, es sei gut für ihn, zum ersten Mal im Leben eine Beerdigung mitzuerleben, und

daß es sicherlich gar nicht so traurig werden würde, wie er glaube.
»Was macht man da?« murrte Aleksi.
»Man sitzt verdammt still auf seinem Arsch, und ab und zu steht man scheißkerzengerade da«, schnauzte ich ihn an. Dann seufzte ich und atmete tief durch. »Nee, entschuldige. Ich bin ein bißchen nervös. Es geht natürlich darum, an den Menschen zurückzudenken, der gestorben ist. Kannst du dich überhaupt noch an Olli erinnern?«
»Nicht so richtig.«
»Aber irgend etwas wirst du doch noch wissen?«
»Der war irgendwie lässig. Und ein bißchen verrückt. Und jung.«
»Jung? Findest du?« wunderte ich mich und dachte, daß mein Onkel immerhin zehn Jahre älter war als ich. Ich merkte, daß ich auch dachte, mir blieben nun zehn Jahre Zeit, zu werden wie er, und ebenso lange, um es zu vermeiden.
»Woran ist er gestorben?« fragte Aleksi.
»Hab ich doch erzählt. Es ist ein Unfall passiert.«
»Kann dir das auch passieren?«
»Nein.«
»Sicher nicht?«
Ich blickte in den Rückspiegel. In den vierzehn Jahren, die ich Vater war, hatte ich gelernt, daß man auf die ängstlichsten Fragen der Kinder beruhigend und eindeutig antworten mußte, auch wenn die Wahrheit weder beruhigend noch eindeutig war. Die Fahrt zur Beerdigung schien mir jedoch eine ehrliche Antwort zu rechtfertigen.
»Sicher ist das nicht. Alles mögliche kann passieren. Aber man braucht keine Angst davor zu haben.«
»Ich hab keine Angst«, sagte Aleksi. »Der Tod macht mir keine Angst. Überhaupt nicht.«

Ich erinnerte mich, wie mein Onkel im Frühjahr über den Tod geredet hatte, und überlegte, ob ich das jetzt meinem Sohn erzählen sollte. Ich sagte ihm, ich hätte mit meinem Onkel telefoniert, und mein Onkel habe ohne besonderen Grund angefangen, an seinen Vater zurückzudenken, an meinen Großvater, und an Liinu, das Pferd, das sie früher gehabt hatten, daran, wie schwer es für Liinu gewesen war, Füllen zur Welt zu bringen, und wie sein Vater im Stall neben Liinu gelegen hatte. Mein Onkel hatte gesagt, das mit Liinu und ihren Fohlen habe für seinen Vater zu den wichtigsten Dingen im Leben gehört, und wenn er selbst an den Tod denke und sich frage, ob er davor Angst haben müsse, denke er an seinen Vater, wie er neben Liinu gelegen habe.
»Allerdings bin ich mir nicht ganz sicher, was er damit eigentlich meinte«, sagte ich schließlich.
»Vielleicht, daß sein Vater auch neben ihm wacht, wenn er es schwer hat«, sagte Aleksi.
Zehn Kilometer später sagte ich, daß mein Onkel sicher genau das gemeint habe. Ich sagte auch, daß wir alle einen Menschen haben müßten, der bei uns wache, wenn wir es schwerhaben, und gewiß hätten wir auch einen, wenn nicht neben dem Bett, so doch im Herzen. Mein Onkel sei für mich so ein Mensch, auch jetzt, da er nicht mehr lebe. Furchtbar gern hätte ich dem Jungen versprochen, für ihn so ein Mensch zu sein, immer da, immer neben ihm, aber mich beschlich das Gefühl, er könnte Angst haben, daß ich genau das sagte, darum beschloß ich, still zu sein. Ich dachte daran zurück, daß mein Onkel mir nie Freundschaft geschworen hatte. Statt dessen hatte er sie mir stets durch sein Handeln gezeigt, und vermutlich war es gut, wenn auch ich etwas Großes nicht mit Versprechungen verwässerte, sondern schwieg, obwohl ich dem Jungen etwas so Schönes zu sagen hatte.

Ich sagte zu Aleksi auch kein Wort davon, daß ich nicht begreifen konnte, warum ausgerechnet der Großvater meinem Onkel als Quell des Trostes und der Sicherheit gedient haben sollte. Das schien mir sonderbar, denn ich wußte ja, was mein Onkel alles über seinen Vater gesagt hatte, außerdem erinnerte ich mich selbst gut an die elende Gestalt des Großvaters.
Andererseits, hörte ich mich denken, benutzte auch ich die Strümpfe, die mir mein Vater gegeben hatte, wenn ich krank war. Normalerweise bewahrte ich sie unsichtbar auf, aber sobald ich krank wurde, holte ich sie aus dem hintersten Winkel des Schranks und zog sie an.

9 Wir kamen in vertraute Landschaften. Allmählich waren die Straßenränder und Gräser und Wolken in dem Zustand, wie sie auf dieser Welt sein sollten. Ich betrachtete die sauberen Gärten, die gemähten Rasenflächen, und dachte, auch ich würde zuversichtlich leben, wenn ich hier leben dürfte, in meiner Landschaft. Hier wäre alles leicht gewesen. Ich sah mich selbst mit dem Fahrrad vor dem Auto herfahren, im Alter von zehn Jahren. Mir kam der Gedanke, daß sich meine Wirklichkeit hier befand und nirgendwo sonst. Das war traurig. Erst kurze Zeit später merkte ich, daß ich dachte: gut, daß sie sich überhaupt irgendwo befindet.
Unterhalb der Kirche standen Autos. Fremd aussehende Menschen strichen sich die Kleider glatt und zupften an Blumensträußen. Ich fuhr ans Ende der Reihe. Die Aufregung wuchs.
Auf dem Sandweg des Friedhofs sah ich Bekannte, sie grüßten mich alle. Die ehemalige Frau meines Onkels erkannte

ich sofort, ebenso Seija und Riitta und Pirkko. Seit Jahren hatte ich die Tanten nicht gesehen. Es kam mir sonderbar vor, daß sie überhaupt noch am Leben waren, daß dieselben Menschen, die in den Sommern meiner Kindheit gelebt hatten, auf den Straßen und in den Einkaufszentren dieser Welt lebten. Was ich nicht wußte, war, was die Tanten heutzutage taten, und ich hatte auch keine Möglichkeit, sie danach zu fragen, denn so etwas hätte ich wissen müssen.
Meine Cousins und Kusinen kamen mir entfernt bekannt vor, ihre Familien allerdings fremd und seltsam modern. Trotzdem nickte ich allen zu und achtete darauf, daß auch der Junge nickte. Hier war es leicht, für die Begrüßungen den passenden Tonfall zu wählen: sachlich. Mir kam der Gedanke, daß man genau so Verwandten immer begegnen müßte.
Mein Vater und meine Mutter standen an der Kirchentür. Sie nahmen Aleksi sofort in ihre Obhut. Mein Vater war begeistert, Aleksi zu sehen, er lächelte und scherzte. Das ärgerte mich, ich hatte Angst, mein Vater könne vergessen, wo wir waren, und mich und uns alle blamieren. Als ich hinter ihm in die Kirche ging und ihn den anderen Leuten zunicken sah, mußte ich zugeben, daß er sich zu benehmen wußte, daß sein Auftreten das selbstverständliche, stabile Erwachsene hatte, das ich in meinem Leben bislang noch nicht erreicht hatte und offensichtlich nie erreichen würde.
Myrsky sah ich nirgendwo. Ich hatte ihn angerufen und ihm mehrere SMS geschickt, um ihn zum Kommen zu überreden. Schließlich hatte er sich gemeldet und gesagt, er sei zu alt, um mit Pfaffen Mummenschanz zu spielen. Statt dessen hatte er versprochen, in der Dorfkneipe ein Schattenkabinett zu versammeln, dort würde der Verzehr von Schnaps, das laute Vorlesen von Fußballergebnissen und das Anschauen

der Lieblingspornos meines Onkels auf dem Programm stehen.
Wir setzten uns in die Bänke und warteten. Ich blickte mich um, zupfte am Stoff meines Anzugs und blätterte im Gesangbuch. Mir fiel auf, daß ich mich nicht fragte, wie das auf die anderen wirkte.

Die Zeremonie war bereits weit fortgeschritten, als die große Doppeltür hinter uns polternd aufging. Myrsky kam den Mittelgang entlanggeschlurft, in Anzug und Cowboystiefeln, eine weiße Plastiktüte in der Hand.
»Erde bist du, und zur Erde mußt du zurück«, sprach der Pfarrer und streute Sand auf den Sarg.
Die Köpfe der Leute folgten Myrsky. Der Pfarrer setzte seine Litanei fort, versprach, daß Gott meinen Onkel am Jüngsten Tag auferwecken werde, ich sah hin, mit welchem Gesichtsausdruck er so etwas behauptete. Myrsky ging ganz nach vorne, ich befürchtete schon, bis zum Altar, aber die ehemalige Frau meines Onkels machte ihm in der ersten Bank Platz. Ein Kinderchor brach in Gesang aus, »Durch finstre Wälder führt der Menschenkinder Weg«, es kam von der Empore, ich fragte mich, wessen Kinder das waren, wer sie dorthin gebracht hatte. Das Licht fiel durch bemalte Fenster. Mein Onkel lag in einem Sarg, der von einem weißen Tuch bedeckt war, und helle Kinderstimmen sangen, ich hörte jede Stimme einzeln für sich. Myrsky saß mit fettigen Haaren in der ersten Reihe, das Lied der Kinder stieg in die Höhe und wanderte hoch durch den Kirchenraum, und auf den dunklen Bodenplanken flimmerte ein Sonnenfleck.

Das Tragen des Sarges hatte ich Schritt für Schritt durchdacht, viele Male, wie der Tragegurt über die Schulter liefe

und wie der Sarg ins Grab hinabzulassen wäre. Mir kam in den Sinn, daß mein Onkel meinen Einsatz zu schätzen gewußt hätte, auch für ihn wäre das Tragen des Sargs die sinnvollste Phase einer Beerdigung gewesen.
Beim Tragen war meine Haltung jedoch sofort dahin. Schon auf halbem Weg spürte ich den Gurt an der Handfläche scheuern. Ich traute mich nicht, das Gewicht auf die Schulter zu verlagern. Ich hatte vermutet, daß es so kommen würde, aber jetzt, da es geschah, kam es mir unwirklich vor. Ich dachte an meinen Onkel und an seine Griffe beim Ringen und ging weiter.
Später am Grab sah ich wieder, was um mich herum war, die Gesichter der Verwandten und ihre Kleider. Myrsky stand neben mir und atmete schwer. Die Vögel sangen, und die Kirchenglocken dröhnten. Die Bäume hatten Blätter, hinter den Blättern war der blaue Himmel, über den Himmel zogen weiße Wolken. Die Allee mit den Laubbäumen führte zur Pforte hinunter, dort blickte man in die Gegenwart, man sah die Autos auf dem Parkplatz, das Gemeindehaus, die Brücke über den Fluß, die Felder.
Die Menschen traten ans Grab, auch Myrsky. Er zog einen zinnfarbenen Flachmann aus der Plastiktüte und ließ ihn in die Grube fallen. Seijas Mann fotografierte die Leute, die ans Grab traten, er ging hin und her, auf der Suche nach Blickwinkeln, er konzentrierte sich auf seine Arbeit. Als ich ihm zusah, fühlte ich mich gut. Ich dachte daran, an welch problematischen Stellen mein Onkel in seinem Leben Bilder gemacht hatte und wie auch er sich in seinem Tun vergessen hatte.
Mitten im Lied fuhr eine Windböe über das Grab.
»Der Wind hat Olli mitgenommen«, sagte Myrsky.

Die Frauen vom Büffetservice sammelten eilig das Geschirr ein. Ihre Schürzen erinnerten mich an die Familienfeiern meiner Kindheit. Die wenigen Kondolenzschreiben waren verlesen worden, der Kaffee getrunken, das Stimmengewirr hatte einen alltäglichen Ton angenommen. Die Kinder liefen zwischen den Tischen umher. Durch die weißen Gardinen sah man Männer beim Rauchen.
Ich nickte allen, denen mein Blick begegnete, freundlich zu. Mit jemandem ins Gespräch zu kommen, vermied ich. Ich wollte nicht erläutern, wie es mir ging, Scheidung, Arbeit, wollte nicht den Graben von Jahrzehnten zuschaufeln. Auf merkwürdige Weise hatte ich trotzdem das Gefühl, meinen Verwandten nähergekommen zu sein; jetzt, da mir die gleichen Dinge widerfahren waren wie ihnen, kannte ich sie besser.
Ab und zu stand ich auf und ging durch den Saal. Ich ließ meinen Blick über die Ziegelwände und die Bilder schweifen, über die Gesangbuchstapel, den Gedenktisch und über das Bild meines Onkels, das ich mir sofort, nachdem ich den Saal betreten hatte, aus der Nähe angeschaut hatte. Mein Onkel sah aus wie mein Onkel. Er trug einen Anzug und machte dasselbe neutrale Gesicht, das er auf Fotos immer gemacht hatte, es war der Blick des Fotografen, dem jegliches Posieren fehlte, als würde er einzig und allein darauf warten, daß es vorbei war und er in seiner Arbeit fortfahren konnte. Auf dem Gedenktisch zwischen den flatternden Kerzen sah dieser Gesichtsausdruck sonderbar alltäglich und real aus.

10 Ich glaubte, Myrsky wäre schon gegangen, aber als ich nach draußen ging, sah ich ihn an der Wand des Gemeindehauses stehen. Ich ging hin, um ihm beim Rauchen zuzusehen. Daß er betrunken war, konnte man jetzt eindeutig an seinen Augen ablesen. In den zerknitterten Kleidern und der heruntergekommenen Erscheinung steckte trotzdem noch immer dieselbe würdevolle Gestalt wie früher, jene, für die sich die Frauen immer interessieren.

»Ich werde Olli vermissen«, sagte ich.

»Denk dran Jussi: Olli ist tot, aber uns gehört die Zukunft«, sagte Myrsky.

»Stimmt auch wieder«, gab ich zu.

Von den Feldern wehte Heuduft herüber. Mir kam etwas in den Sinn, das sofort wieder verschwand. So ging es mir mit Sommerdüften mittlerweile immer, sie tauchten kurz auf, um etwas von einer vergangenen Zeit zu erzählen, und dann verschwanden sie wieder.

»Und? Wie hat's deinen Schlitten in letzter Zeit so in der Bahn hin und her geschmissen?« fragte Myrsky.

»Runter kommt man immer«, sagte ich.

»Ist bei mir nicht anders«, sagte er.

Ich wußte, daß Myrskys Vater im Frühjahr gestorben war, daß Myrsky den Laden geerbt hatte und ihn verkaufen wollte. Jetzt erzählte er mir, alles sei von der Erbschaftssteuer gepfändet worden.

»Womit soll ich die bezahlen?« fragte er aufrichtig. »Bei meinem Lebensstil kommen keine Ersparnisse zusammen.«

Das glaubte ich ihm. Laut sagte ich, er mache dennoch einen ganz zufriedenen, ruhigen, abgeklärten Eindruck.

»Ich werde nie ruhig sein«, sagte Myrsky. »Red nicht so einen Scheiß.«

Ich versuchte zu lächeln.

»Ich werd nicht ruhig, glaub's mir endlich, Mann!«
Ich starrte Myrsky an, dann meine Schuhe. Ich nahm alle Kraft zusammen und fing an, über andere Dinge zu reden. Ich fragte ihn, ob er noch mit all den Frauen zusammen war, mit denen er zusammengewesen war, als ich zuletzt etwas von ihm gehört hatte, mit der aus Hämeenlinna, der aus Pori und den beiden aus Turku.
»Weiß der Geier, wer da mit wem zusammen ist«, sagte Myrsky.
»Bei mir läuft das auch eher so auf SMS-Ebene«, sagte ich.
»Das ist eine schwere Disziplin«, meinte Myrsky versöhnlich. »Ein junger Mann verliert schnell das Interesse, wenn nicht ans Werk gegangen wird.«
Ich verschränkte die Hände hinter dem Rücken und lehnte mich an die dunkle Ziegelwand des Gemeindehauses. Sie war warm. Auf den Platten neben meinen Schuhen verkehrten Ameisen. In den Fugen waren winzige kleine Ameisenhäufchen zu erkennen, die nach großer Arbeit aussahen.
»Ich wollte dich mal was fragen, Myrsky«, sagte ich und dachte, daß ich mich früher nicht getraut hatte, es zu fragen, und daß ich es jetzt schnell tat, bevor ich wieder Lampenfieber bekam.
»Und was wär das für eine Frage?« wollte Myrsky wissen.
»Ich mein bloß, also, wie seid ihr, du und Olli, eigentlich so geworden?«
»Wie geworden?«
»Na, so halt«, sagte ich und wandte das Gesicht ab und blickte über den Rasen hinweg auf die Felder, als geschähe dort etwas. Dort geschah nichts. »So halt, daß ihr alles im Griff habt.«
»Ich?« sagte Myrsky. »Und Olli?«

»Ja. Wie seid ihr so geworden?« redete ich weiter, jetzt allerdings schon zögernd. »So wie ihr seid, so überlegen.«
»Gute Frage«, sagte Myrsky und blickte zur Seite, als könnte ihn jemand hören. Dann stand er still da. Für mich sah es so aus, als habe er nicht die Absicht zu antworten.
»Vielleicht erzählst du es mir später einmal«, sagte ich.
»Ja gut, ich denk drüber nach«, sagte Myrsky.

Die Autos vor der Kirche wurden weniger. Sie standen jetzt einzeln auf dem unasphaltierten Parkplatz und sahen alltäglich aus. Aleksi schmollte auf der Schaukel hinter dem Gemeindehaus. Ich sagte ihm, ich ginge noch einmal ans Grab. Ich sagte es guter Dinge; ich war der Vater und er der Sohn, und das machte alles einfach.
Auf dem Friedhof war kein Mensch. Ich ging die Wege entlang und las die steinernen Namen. Das Grab meines Onkels war schon von weitem zu sehen, ein einzelner Hügel, bedeckt mit bunten Blumen, der an einen Komposthaufen im Garten erinnerte.
Lange hielt ich mich am Grab auf. Ich versuchte mir Mienen und Worte meines Onkels in Erinnerung zu rufen, Sätze, mit deren Hilfe ich mich fortan durchschlagen würde. An besonders viele konnte ich mich nicht erinnern. Ich hoffte, sie würden irgendwo in meinem Innern wirken. Ich fragte mich auch, wie mein Onkel mich jetzt getröstet hätte, und kam zu dem Ergebnis, daß er über etwas völlig anderes geredet hätte, über Eishockey und Frauen, über Tarzans Roheit und darüber, wie zärtlich er trotzdem mit Jane umging, über 400-Meter-Lauf und die erstaunlich vielen Gefühle, die ein Läufer während einer einzigen Runde haben konnte. Ich wußte, daß mir solche Worte gutgetan hätten.

Ich hatte beschlossen, auf dem Rückweg am Haus vorbeizufahren, aber als wir hinkamen, mochte ich nicht einmal die Geschwindigkeit drosseln. Ich fuhr nur vorbei und schaute auf das Anwesen wie aus dem Zugfenster auf meinen ehemaligen Bahnhof. Ich konnte eine umgekippte Regentonne an der Ecke des Stalls erkennen und die blaugrau gewordenen Balken des Saunagebäudes.

Auch der Junge warf einen Blick auf das Haus. Es war ein faszinierender Gedanke, daß dieses Haus ihm nichts bedeutete. Ich fragte mich allerdings auch, wo die Häuser standen, die ihm etwas bedeuteten. Wir passierten bereits ganz andere Häuser, und ich blickte auch in deren Gärten und überlegte, was ich noch über sie wußte. Bald kamen wir an Häusern vorbei, über die ich gar nichts mehr wußte.

Die Sonne stand am frühen Abend erstaunlich hoch. Auf der großen Straße flimmerte die Luft über dem Asphalt. Als ich den Blick darauf richtete, beschlich mich ein merkwürdiges Gefühl, kein trauriges, kein frohes, das Gefühl der Straße.